古内一絵

Kazue Furuuchi

How to make
your afternoon tea the best ever

最高の
アフタヌーン
ティーの
作り方

中央公論新社

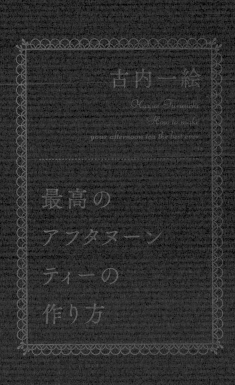

目次

装幀　鈴木久美
写真　Getty Images

最高のアフタヌーンティーの作り方

第一話

私のアフタヌーンティー

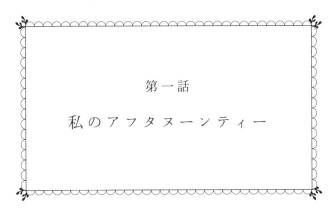

待ちに待った季節が、ついにきた。

遠山涼音《とおやますずね》は、思い切り深呼吸する。一瞬、鼻の奥がムズムズしたが、眼の前に広がる光景の美しさは、花粉症の不快感を十二分に上回っていた。

爛漫《らんまん》と咲きほこるソメイヨシノが小高い丘を薄紅色《うすべに》に染めている。

花びらが舞う裾野《すその》には、しめ縄をかけられた大きな楠《くすのき》の御神木《ごしんぼく》。小さな水車を回す、澄んだ小川のせせらぎ……。

新卒採用されてから七年目になるというのに、この庭園を見ていると、ここが都心の真ん中であることを忘れてしまう。

やっぱり、私、桜山《おうざん》ホテルに勤められてよかった――！

もちろん、いいことばかりではないけれど、広大な庭園の四季折々の美しさには、入社以来いつも心を慰められてきた。特に、桜が満開になるこの季節の華やかさといったら……。

今年は三月に冷たい雨が続き、桜の開花が例年よりも随分《ずいぶん》遅れたが、四月に入るとソメイヨシノが一斉に花開いた。

もともとこの一帯は、ヤマザクラやカスミザクラ等、野生種の桜が自生していた場所で、往時は「さくらやま」という通称で知られていたという。明治時代に景勝に惚《ほ》れ込《こ》んだ某公爵《こうしゃく》がこの地に邸宅を構え、加えて約二十種の桜を百二十本以上植えたのが、現在の庭園の礎《いしずえ》になっていると聞く。

早咲きの河津桜《かわづざくら》や寒緋桜《かんひざくら》から、遅咲きの八重桜《やえざくら》まで、二月下旬よりゴールデンウイーク明けまで様々な桜を楽しめる庭園ではあるが、やはり、一番数の多いソメイヨシノが一斉に花開くと、本当に春がやってきたという気分になる。

「おはようございます!」

園内のあちこちで庭木の手入れをしているスタッフたちに声をかけながら、涼音は軽やかに石段を上った。涼音が勤務するホテル棟は、桜の霞《かすみ》に包まれた丘の頂上にある。

結構な距離と坂道だが、季節の花々や小川や水車や、古《いにしえ》には荷役を担う人々が喉を潤したと伝えられる井戸の傍《そば》の水瓶《みずがめ》などを眺めていると、少しも苦にならない。最寄り駅から出る社員用のシャトルバスもあるのだが、よほどの悪天候でない限り、涼音は毎朝早起きしてこの庭園内を歩いて通っていた。

会議のある週明けは、特に始業時間が早い。六時起きは少々つらかったけれど、この季節の庭園の美しさには代えられない。

こんなに広大な土地が、昔は個人宅だったというのだから驚きだ。

なにせ、庭園内にお社《やしろ》まであるのだから。

朱色《しゅいろ》の鳥居の奥のお稲荷《いなり》さんに一礼し、涼音は先を急いだ。

もっとも、栄華を極めた公爵の大邸宅は、第二次世界大戦時の東京大空襲で灰燼《かいじん》に帰してしまう。そして、戦後に公爵と同郷だった財閥《ざいばつ》系の観光会社が土地を引き継ぎ、邸宅の跡地に建設したのが、この桜山ホテルだ。

そうした由緒正しいホテルではあるが、涼音がなんとしてでもここに就職したいと切望していたのには、特別な理由があった。

それは、桜山ホテルのラウンジが、東京で初めて本格的なアフタヌーンティーを提供したと言われていることだ。

アフタヌーンティー。

銀色に輝く三段スタンドのお皿に盛られた、愛らしいマカロンやタルトレット等の小型菓子《プティ・フール》、焼き立てのスコーン、上品なフィンガーサイズのサンドイッチ……。

香り高い紅茶と共に供される、エレガントで華やかな究極の〝おやつ〟。

涼音の家は決して裕福ではなかったが、子供の頃からおやつの時間だけは決して欠かすことがなかった。台所には、陶器《とうき》の大きな菓子鉢があり、そこにはたくさんのお菓子が常備されていた。

もちろん、ホテルのアフタヌーンティーのように凝《こ》ったスイーツではない。菓子鉢に盛られているのは、カステラ巻き、栗まんじゅう、豆大福、アンパンといった、どこでも買える庶民的なお菓子ばかりだった。

今も涼音が暮らす家は、祖父の代から続く小さな町工場《まちこうば》だ。

物心ついた頃から、涼音は母屋に隣接した工場で旋盤《せんばん》が回る音を聞いて育った。三時になると、祖母と母がお茶を淹《い》れ、工場で働いていた祖父と父がおやつを食べに勝手口から台所に上がってくる。幼い涼音は、祖父や父のお相伴《しょうばん》にあずかって、菓子鉢のおやつを一緒に食べるのが大好きだった。

父はそれほどではなかったけれど、特に祖父の滋《しげる》は大の甘党で、祖母や母がたまにうっかりしていて菓子鉢に塩せんべいしかないようなときは、商店街の菓子屋まで自らひとっ走りするくらいだった。

小さな工場の創業者でもある涼音の祖父は、戦災孤児だった過去を持つ。

昭和二十年の東京大空襲で家と家族を失い一人だけ生き残った祖父は、少年保護団体に保護されるまで、上野《うえの》の地下道で生き延びていたらしい。

当時のことを、祖父はあまり詳しく語ろうとしない。

だが、間違いなくつらい少年時代を送ったであろう祖父は、そのせいもあるのか、甘いお菓子に並々ならぬ思いを寄せていた。

幼い涼音はそんなことを知る由もなく、唯々《ただただ》、皆と一緒に甘いお菓子を楽しんでいただけだが、五年前に他界した祖母は、祖父のために、いつも美味《おい》しいお菓子を切らさないように気を配っていた。

〝涼音、お菓子はちゃんと味わって食べなきゃいけないぞ。寝っ転がってテレビを見ながら食べたり、だらしなく際限なく食べたりしちゃ駄目なんだ〟

涼音の頭に手を置き、言い聞かせるように滋は眼を細めた。

〝お菓子はな、ご褒美《ほうび》なんだ。だから、だらしない気持ちで食べてたら、もったいない〟

ご褒美は、受け取る側も誇りを持たなければならないのだと、祖父は語った。

二歳年上の兄の直樹《なおき》は、成長と共に菓子鉢への興味を失い、寝っ転がって漫画雑誌を読みながらポテトチップスをかじったりするのを好むようになっていったが、涼音は祖父の言葉が忘れられず、今でも甘いお菓子を特別なものに感じている。

お菓子はご褒美――。

女性ファッション誌で、初めて三段スタンドで供されるアフタヌーンティーの存在を知ったとき、これほど祖父の言葉を体現している〝おやつ〟はないだろうと涼音は感激を覚えた。

還暦を過ぎた母の世代、一般企業では、女性は結婚退職するのが当たり前だったそうだ。当時としては少し結婚の遅かった母は、二十五歳をすぎるなり、周囲の女性たちがどんどん寿退社していくので相当焦ったという。

それはそれでプレッシャーだが、平成生まれの涼音はそうはいかない。結婚しても、子供を産んでも、女性も男性も関係なく、ずっと働き続ける必要がある。

年金も当てにできないし、社会福祉だってどうなるか分からない。

それが、平成不況の中で育ってきた自分たちの現実だ。

でも、だからこそ。世知辛《せちがら》い世の中に立ち向かうためにも、ときにはご褒美が必要だ。

なにかの本で、平成はＩＴ革命の時代であるのと同時に、スイーツ革命の時代でもあったのだと読んだことがある。

それまで、洋菓子と言えば、ショートケーキやシュークリームやモンブランが定番だった。しかし、平成に入るなり、パンナコッタ、ティラミス、クレームブリュレ、カヌレといった、目新しいヨーロッパのお菓子が一気に登場した。パティシエブームが起こったのもこの時期だ。

その変遷はきっと、男女雇用《こよう》機会均等法の改正で、あらゆる職場に若い女性たちが進出したことと無関係ではないだろう。

見た目も洗練された、お洒落《しゃれ》なスイーツ。

それは、〝マドンナ旋風《せんぷう》〟という響きだけはよい言葉にあおられ、男性同様、否《いな》、それ以上に働くことを強いられた女性たちのささやかな贅沢《ぜいたく》。

居酒屋の酒や肴《さかな》だけでは満たされない女性たちが求めたご褒美こそが、甘いお菓子と香り高い紅茶の組み合わせ《マリアージュ》だったのではないだろうか。

その最たるものが、憧れのホテル・アフタヌーンティー。

正直、日常的に利用できる価格のものではない贅沢な〝おやつ〟だが、だからこそ、頑張《がんば》った自分への最高のご褒美にもなる。

就職活動中、下手《へた》な鉄砲も数打てば当たるとばかりに、ありとあらゆる企業のエントリーシートをダウンロードしまくっていた涼音は、桜山ホテルの新卒採用情報ページにたどり着いた瞬間、雷に打たれたようになった。

職種紹介の中、ひときわ輝いているページがあった。

マーケティング部サービス課、アフタヌーンティーチーム。髪をアップにした、いかにも仕事ができそうな感じのよい女性が、穏やかな笑みを浮かべてインタビューに答えていた。主な任務はラウンジでの接客だが、季節ごとにテーマを変えるアフタヌーンティーの開発も手掛けているという。

アフタヌーンティーの開発――。その一言に、涼音は完全にノックアウトされた。

しかも、桜山ホテルは、アフタヌーンティーブームの先駆けともいえる存在だ。涼音が初めて雑誌で眼にした華麗なアフタヌーンティーも、実は桜山ホテルのラウンジで供されていたものだった。

それからは就職浪人も辞さない覚悟で、桜山ホテルへの入社だけを目指し、涼音は努力に努力を重ねた。TOEICの点数も大幅に上げたし、ホテル業界では必須の中国語も簡単な日常会話ならなんとか通じるレベルにまで鍛錬《たんれん》した。

度重なる面接を勝ち抜き、ついに入社が決まったときは、嬉しさのあまり卒倒しそうになった。

ところが――。新入社員研修を経て最初に配属されたのは、ホテル棟ではなく、バンケット棟の宴会担当だった。落ち込まなかったと言えば嘘《うそ》になる。

酔客《すいきゃく》からセクハラまがいの扱いを受けて、トイレに駆け込んで泣いたこともあった。けれど、そのたびに、この広大な庭園の四季折々の自然の美しさに慰められた。

涼音は石段を上りながら、改めて周囲の様子を見回した。

庭園を管理するスタッフのたゆまぬ努力の賜《たまもの》で、春はホテルの代名詞である桜が爛漫と咲きほこり、初夏には澄んだ小川に蛍《ほたる》が舞う。秋はイロハモミジやハウチワカエデが赤く染まり、冬には約百種類の椿《つばき》が次々と花を咲かせる。

加えて、涼音にとってもう一つの心の支えとなったのが、一人の先輩の存在だった。

園田香織《そのだかおり》。研修でお世話になったその人こそが、涼音の人生を変えるきっかけとなった、職種紹介のページでインタビューに答えていた、アフタヌーンティーチームの先輩だった。

いつかきっと希望の部署に異動できるという香織の励《はげ》ましを信じて踏ん張り続け、ついには社内の接客コンテストで優勝するまでになった。

涼音は元来、自分で決めた目標に向かって努力をするのはまったく苦にならない質《たち》だ。

〝あれだけ必死になってりゃ、当然だよ〟

〝なんか知らないけど、変に頑張っちゃってさ……〟

そういう自分を煙《けむ》たがる向きがあることも知っている。

背後で囁《ささや》かれた陰口が甦《よみがえ》り、胸がチクリと痛んだ。

昔からそうだった。文化祭や部活で涼音が張り切れば張り切るほど、孤立してしまうことがままあった。

でも、ちゃんと、認めてくれる人だっていたんだ。

今年一月、涼音は念願かなって、アフタヌーンティーチームへ異動することができた。

研修時代より涼音の努力を買っていた香織が春から産休を取ることになり、後任に自分を指名してくれたのだ。

苦節七年。三十路《みそじ》を前にして、ようやく夢の職場に手が届いた。

「わあ……」

最後の石段を上り切り、涼音は小さく感嘆する。風が吹くたびに満開の桜がはらはらと花びらを散らし、息を呑むほどに美しい。

今日も一日頑張ろうという気力が、胸の奥から湧いてくる。

数か月間、あれこれと指導してくれていた香織が先月末より産休に入り、これから先は涼音も中心になって、ベテランが抜けた穴を埋めていかなければならないのだ。

正直に言えば、香織の不在は心許《こころもと》ないが、やりがいは大いにある。この日の会議のために、涼音は入魂《にゅうこん》の企画書を用意した。

なにしろ、香織が抜けてからの初めてのプレゼンだ。

一つでも採用されるプランを提案しようと、涼音は張り切ってホテル棟のロビーに歩を進めた。

誰もいない更衣室で制服に着替え、涼音は手早く髪を整える。

桜山ホテルのラウンジスタッフの制服は、クラシカルな黒のワンピースだ。シンプルなデザインだが、脇の目立ちにくいところに、深めのシームポケットが二つついている。メモを入れたり、名刺を入れたりするのに、このポケットが大いに役立つ。

ホテルのシンボルカラーである桜色のスカーフを首に巻き、一つ息をついた。

まずはプレゼン。とっておきの企画を、アフタヌーンティー担当の調理班に披露《ひろう》するのだ。

涼音が人数分の企画書をファイルに入れていると、更衣室の扉が乱暴にあけられた。

「おふぁようございあーす」

大きなマスクで顔を覆った林瑠璃《はやしるり》が、長い髪を振り乱して入ってくる。

「あ、おはよう、瑠璃ちゃん」

入社三年目の瑠璃は、年齢や社歴でいえば涼音の後輩に当たるが、アフタヌーンティーチームでのキャリアは彼女のほうが長い。香織から初めて瑠璃を紹介されたとき、その容姿に涼音は軽く衝撃を受けた。

栗色の髪。色白の肌にぱっちりとした大きな瞳《ひとみ》。まるでフランス人形のような可愛《かわい》らしさ。

入社初年度からホテルの顔であるラウンジに配属されるためには、これくらいのルックスが必要になるのかと、少々臆《おく》した気分にもなった。

だが――。

「今日、花粉すごいですねぇ。スズさん、また庭歩いてきたんですかぁ。まじ、ありえないっしょ」

ロッカーをあけてマスクを外す瑠璃の顔には、眉毛《まゆげ》がほとんどない。奥二重《おくぶたえ》の眼も相当に腫《は》れぼったい。

更衣室の瑠璃は別人だ。

特に会議のために始業時間が一時間早くなる週明けは寝起きに近いすっぴんで、ほとんど誰だか分からない。

「今、桜綺麗《きれい》だよ。満開」

「花見なら、週末徹夜《オール》でやりましたよぉ。まあ、正直言って、花よりアルコールですけどぉ」

ホテル勤めである以上、土日勤務は避けられないが、パリピ――パーティー大好き人間――を自認する瑠璃は、どれだけ遅くなっても、仕事が終わると必ず繁華街《はんかがい》に繰り出すという。

「だから超寝不足ですよ。なんでいっつも会議週明けなんですかねぇ。こっちは一分でも長く寝てたいのにぃ」

ぼやきつつ、瑠璃はてきぱきと着替えていく。ぼさぼさの髪を尋常《じんじょう》ではない速さでまとめ、「うおっしゃぁ」と気合を入れて、勢いよくメイクに入る。眉なしのすっぴん状態から、毎朝、ものの五分程度でフランス人形に変身するのだから、本当にたいしたものだ。

聞けば、瑠璃は大学時代、老舗《しにせ》デパートの化粧品売り場でアルバイトをしていたことがあるそうだ。そこで、メイクの早技をたたき込まれたらしい。

〝就職できなかったら、早技メイクのユーチューバーで生きていこうと思ってたんですよぉ〟

香織が開いてくれた涼音の歓迎会で、顔の半分だけメイクして「劇的ビフォーアフター」を体現するという、捨て身の芸を披露してくれた瑠璃は、あっけらかんとそう言った。

今も瑠璃はロッカーの扉についているミラーを覗《のぞ》き込み、ものすごい勢いで顔を作り上げている。

「先に会議室にいってるね」

アイラインをぎゅうぎゅう引いている瑠璃の背中に声をかけ、涼音は一足先に更衣室を出た。

「ふぁーい」と後ろで声が響く。

ひとたびラウンジに出れば、ギャルっぽい言葉遣いも完璧な敬語に変わるのだから、つまるところ、要領がよいのだろう。

最初こそびっくりしたけれど、今では涼音は、瑠璃の変わり身の早さに一目置いていた。

香織が不在な今、アフタヌーンティーチームのラウンジ担当の社員は、涼音と瑠璃の二人だけだ。実際の現場は、桜山ホテルではサポーター社員と呼ばれる、パート制の契約社員たちによって支えられている。サポーター社員の中には、正社員である涼音のほうが恐縮してしまうほど、優秀なスタッフもいる。

社歴二十年の香織が入社した当初は、サポーター社員よりも正社員のほうが多かったというのだから、ホテル業界も長い不況の中で様変わりしてきたということなのだろう。

おしなべて不景気な平成の中でも、金融危機や震災等、特に就職氷河期の底をつくような時期が何度かあった。たった数年で、正規の採用枠が窄《すぼ》まってしまう時代は、不確かであると同時に不公平だとも思う。

桜山ホテルへの就職にこだわっていた涼音自身、兄の直樹からは「選《え》り好《ごの》みしていられるお前は贅沢だ」と散々腐《くさ》された。兄は東日本大震災直後に、就職活動を始めなければならない世代だった。

もっとも、子育て等のライフワークバランスのために、あえて長時間勤務のないサポーター社員を選択する向きもあるという。これからの時代は、今まで以上に多様な働き方が模索《もさく》されていくのかもしれない。大勢のサポーター社員のシフトを組むのもまた、涼音が香織から引き継いだ大事な仕事の一つだ。

軽くノックして会議室の扉をあければ、既に二人の男性が席についていた。

調理班の飛鳥井《あすかい》達也《たつや》と、須藤《すどう》秀夫《ひでお》だ。

「おはようございます」

いささか緊張を覚えながら、涼音は声をかける。

「おはよう」

すぐに返事をしてくれたのは、初老のベテランシェフ、秀夫だ。

秀夫は既に定年退職を迎えているが、その後、シニアスタッフとして、アフタヌーンティー専用のセイボリーと呼ばれる食事系の調理を担当している。瑠璃からの情報によれば、秀夫は熟年離婚をしていて現在は独身らしい。涼音自身はあまり社内の人たちのプライベートに立ち入らないが、穏やかで優しそうな人なのに、意外だなと思った記憶がある。

対して三十代の若きチーフ、達也は、微《かす》かに顎《あご》を引いただけだった。

達也は五年前に外資系ホテルから転職してきて、それからすぐにスイーツ担当のチーフ、シェフ・パティシエとなった逸材《いつざい》だ。細い鼻梁《びりょう》に、涼しげな眼もと。端整《たんせい》な容貌を買われてか、桜山ホテルのアフタヌーンティーを紹介するメディアにもたびたび登場している。

雑誌のページで達也が紹介されているのを見たときは、正直、涼音もほんの少しだけ胸がときめいた。

でも、アフタヌーンティーチームへの異動を切望したのが、達也目当てだなんて断じて思われたくない。第一――。

「すみませぇん、遅くなりましたぁ」

そこへ、完璧なフランス人形仕立てとなった瑠璃が、小首を傾《かし》げながらやってきた。毎度ながら見事な変貌ぶりに、涼音は内心感嘆する。

全員がそろったところで、涼音はさっそく企画書を配った。

桜山ホテルのラウンジでは、約二か月に一度、テーマを変えて新作のアフタヌーンティーを提供する。テーマを決めるのは、七か月から八か月前だ。

つまり、春爛漫のこの季節、初めて涼音が中心になってプレゼンするのは、クリスマスアフタヌーンティーということになる。

まずは調理班の代表である二人にプレゼンし、それが通れば試作品を作り、マーケティング部の部長やサービス課の課長以下、サポーター社員の代表にも試食してもらい、高評価が得られれば、ようやく商品化がかなうのだ。

今年に入ってから約三か月間、香織が産休に入る直前まで、涼音も間近で段取りを勉強してきた。もうすぐ出産予定日を迎える香織に安心してもらうためにも、今までにない斬新《ざんしん》なクリスマスアフタヌーンティーを提案したい。

ところが。

「ちょっと待って」

できるだけ丁寧《ていねい》に分かりやすくと心を砕きながら説明していると、途中で達也の声が飛んだ。

「あのさ、随分、分厚い企画書作ってきてるけど、これ、全部説明するつもりでいるの？」

達也の視線が掛け時計に注がれていることに気づき、涼音は少々焦る。毎回週明けに会議が設定されているのは、月曜日のゲストが比較的少ないからなのだが、達也としては仕込みまでの時間が気になるのだろう。

「あ……、ええと。それじゃ、詳細は後で読んでいただくのでも構わないんですが……」

「だったら、一押しのプランだけ、さっさと説明してもらえないかな」

出た。

これだから、この人目当てで異動してきたなんて、絶対に思われたくないのだ。

以前から愛想のいいタイプではないと感じてはいたものの、香織が抜けてから、とっつきにくさに一層の拍車《はくしゃ》がかかったようだ。

とはいえ、職人というのは、基本、こんなものなのかもしれない。

「一押しは、なんといっても、クリスマスプディングです」

気を取り直し、涼音は企画書をめくる。

「これはアフタヌーンティー発祥のイギリスの正統なクリスマスデザートで、リキュールをたっぷりかけたプディングに火を灯《とも》して燃え上がらせるのが……」

「待ってよ」

またしても達也からストップがかかった。

「それを、全部のテーブルでやるつもり？」

「クリスマスプディングだけ、後出しする形でも……」

「そんな手間のかかることを、クリスマスの繁忙期《はんぼうき》にやるわけ？」

冷笑的な物言いに、さすがにムッとする。アフタヌーンティーチームでは新参者かもしれないが、涼音とて、接客業のキャリアは相応に積んできたのだ。

「でも、今までこの手法を取ったアフタヌーンティーは他にありません。お客様に特別な時間をご堪能《たんのう》いただくためにも……」

「そりゃそうだよ。アフタヌーンティーは基本昼間だろ。クリスマスプディングに火を灯したところで、そうそう綺麗には見えない」

「だから、いつもより少し照明を落として……」

「あのさ、遠山さん、このクリスマスプディングって、ちゃんと食べたことある？」

痛いところを衝《つ》かれ、涼音は言葉に詰まる。イギリス菓子の本を読んでいる最中に、クリスマスに火を灯して食べるプディングがあると知って、それだけでうっとりしてしまったのだ。加えて、本のページに載《の》っていた青い炎に包まれたプディングは、とても綺麗でロマンチックだった。

「それ、見かけほど美味《うま》くないから」

絶対零度の口調で、達也が切り捨てる。

会議室の中に、気まずいムードが満ちた。

「そ、それじゃ……、イギリス伝統のミンスパイ……」

なんとか切り返そうと、涼音はさらに企画書をめくる。

こちらは、英国児童文学に登場するクリスマスのお菓子の定番なのだが。

「あー、ドライフルーツを混ぜ込んだミンスミートは、日本人受けしないかもしんないねぇ。果物と肉の組み合わせっていうのはさ。ほら、酢豚《すぶた》にパイナップルが入ってるのが許せない人、結構いるからねぇ」

秀夫が申し訳なさそうに、白いものの交じった眉を寄せた。

あれ――。

もしかして、私、また、空回りしてる？

〝なんか知らないけど、変に頑張っちゃってさ……〟

背後から囁き声が聞こえたようで、涼音の額に冷や汗がにじむ。

「え、えと、それじゃ、世界のクリスマスのお菓子の大集合。スウェーデンのサフラン入りのパン、ルッセカットに、ハンガリーの芥子《けし》の実を使ったロールケーキ、ベイグリに……」

「あのさ、目新しければいいってもんでもないから」

達也の呆《あき》れたような声が響いた。

「いや、よく調べてもらってるとは思うよ」

一応助け舟を出してはくれたが、秀夫の語尾にも苦笑が混じる。

「でも、もう少し、普通でいいんじゃないかな」

「す、すみません……」

涼音は赤くなって下を向いた。ちらりと視線を走らせると、瑠璃は腕を組んでじっと考え込んで——否、完全に眠り込んでいる。

「じゃ、仕込みがあるから、今日はこの辺で」

達也が勢いよく立ち上がった。

「初めてだから気張るのは分かるけど、別に妙な爪痕《つめあと》とか残そうとしなくていいから。園田さんが昨年作ったプランを踏襲《とうしゅう》する手もあるんだし。俺と須藤さんで、ある程度のアイデアを出すこともできるしね。後……」

醒《さ》めた眼差《まなざ》しで、達也は涼音を見る。

「こんな分厚い企画書、読んでも全然頭に入ってこないよ」

素っ気なく言い捨て、企画書をテーブルに置いたまま、達也は会議室を出ていってしまった。

軽く肩をすくめ、秀夫がその後に続く。

残された企画書を、涼音はぼんやりと眺めた。

「あれ？　会議、終わりました？」

ぱちりと眼をあけた瑠璃が、あくびを嚙《か》み殺しながら大きく伸びをした。

その晩、涼音は家族全員分の夕食の後片づけを終えると、台所のテーブルで、一人でメモを作っていた。テーブルの上には、欧州菓子やアフタヌーンティーに関する資料が並べられている。

居間からは、両親が見ているテレビの音が漏《も》れ聞こえていた。

実家で過ごす、いつもの夜だ。

しかし、朝の会議のことを思い返すと、涼音は自分でも知らないうちに深い溜め息をついていた。

せめて、企画書を最後まで読んでくれたっていいじゃない――。

今日は週明けにしてはゲストが多く、ラウンジに出てからは懸命に接客に当たっていたため考える暇がなかったが、今になってどんよりと気分が落ち込んでくる。

前から薄々察してはいたけれど、調理班の二人は、自分のことを新しい戦力というより、香織の「穴埋め」としか思っていないみたいだ。

〝別に妙な爪痕とか残そうとしなくていいからさ〟

達也の醒めた眼差しが脳裏に浮かび、涼音はますます胸の奥が重くなる。

あの人、もしかして、私のこと嫌ってるんじゃないだろうか。

気負いすぎてしまった自覚はあるけれど、なにもあんな言い方をしなくてもいいと思う。

自分はただ、できうる限り最高のアフタヌーンティーを提案したいだけなのだ。

でも。

最高のアフタヌーンティーって、一体、なんだろう。

涼音は、スコーンやタルトレットや銀色のカトラリーが並ぶ美しい表紙の本を眺めた。

〝茶と菓子のことなんかで、悩んでんじゃねえよ〟

三十歳になると同時に家を出ていった兄の直樹がここにいたら、間違いなくそう言うだろう。

先月、祖母の法事で家に戻ってきたときにも、涼音がアフタヌーンティーの資料を広げているのを見て、呑気《のんき》な仕事だと兄は半ば呆れていた。

就職活動で散々苦労した末、直樹は教育系の雑誌を編集する小さな出版社の営業職に落ち着いている。最近では、主に注意欠陥多動性障害《ADHD》等の学習障害を持つ子供向けの教材を担当しているらしい。昔なら〝落ち着きのない子供〟で一括《ひとくく》りにされていたところを、今は早いうちからいろいろな診断名がつくことが「良いことなのか悪いことなのかよく分からない」と直樹は言っていた。

子供の教育の悩みを持つ家庭に訪問販売することもあるという兄の仕事に比べれば、確かに自分が従事する仕事は優雅な類に当たるのかも分からない。

それでも、決して苦労がないわけではない。ラウンジの接客は立ち仕事だし、始終ゲストの様子に気を配っていなくてはならない。一日が終わると、ぐったりだ。

新プランについてあれこれと考えすぎて、涼音はだんだん自分でもよく分からなくなってきた。しかし、出産予定日の迫っている香織に相談するわけにもいかないし、瑠璃は端《はな》から新しいプランに関心がなさそうだし……。

このまま時間ばかりが経《た》てば、本当に去年の香織のプランを焼き直す形になってしまうかもしれない。それだけは、なんとしても避けたい。

別に自分の爪痕を残したいとかではないけれど、ようやく憧れの職場に異動できたのだから、現時点でのベストを尽くしたいのだ。

もしかしたら、こういうところが、うざったいって思われるのかな――。

涼音が悶々《もんもん》としていると、台所の扉ががらりとあいた。

「おじいちゃん」

パジャマ姿の祖父の滋が立っていた。

「もう寝たんじゃなかったの？」

「ちょっと小腹が減ってな」

残り少ない白髪をかきながら、滋が台所に入ってくる。

「それなら、いいものがあるよ」

涼音は微笑《ほほえ》んで立ち上がった。冷蔵庫からピスタチオとチェリーのタルトを取り出し、お湯を沸かす。残ったスイーツをたまにお持ち帰りできるのが、アフタヌーンティーチームの密《ひそ》かな特権だ。祖父は紅茶よりも緑茶が好きなので、煎茶《せんちゃ》の用意をする。

「綺麗なお菓子だなぁ」

クッキー生地にピンクのチェリーと萌黄《もえぎ》色のピスタチオのフィリングが詰められたタルトを、滋は眼を細めて眺めた。

八十を過ぎてから、祖父は町工場の経営を父に任せて悠々自適《ゆうゆうじてき》の隠居生活を送っているが、現役時代と変わらず、今も甘いお菓子に眼がない。

「うちのラウンジで出してる、桜アフタヌーンティーのスイーツの一品なの」

桜アフタヌーンティーは、桜山ホテルの名物ともいえる人気商品だ。定番の桜の花びらをトッピングしたスコーンに加え、今年はチェリーや苺《いちご》など、ピンクのスイーツがふんだんに盛り込まれている。

「涼音、仕事はうまくいってるのか」

お茶が入るのを待ちながら、滋が何気なさそうに声をかけてきた。

「うん、それがねぇ……」

急須《きゅうす》を手に、涼音は小さく息をつく。

「理想と現実は、やっぱり違うよね」

祖父の湯呑みにお茶を淹れ、涼音は愚痴《ぐち》り始めた。達也のことは、大げさなくらい嫌みな奴《やつ》として話しておいた。

「私は、最高のアフタヌーンティーを作りたいんだけど」

「最高のアフタヌーンティーか……」

煎茶をすすりながら、滋は欧州菓子の本を手に取る。

「こういう本を読むのも大事な勉強だろうが、お客を見ているほうが、いろいろと分かってくるもんじゃねえのか」

祖父の言葉に、涼音は「確かに」と頷《うなず》いた。

実際にラウンジで接客するようになって、これまで知らなかったことにも気づくようになった。

「そう言えば、最近は、一人でアフタヌーンティーを食べにくるお客さんも多いんだよ。特にね、すごい人がいるの」

新作アフタヌーンティーが出るたび、必ずラウンジを訪れる一人客が、サラリーマン風の中年男性であることを話すと、滋も「ほほう」と興味深そうな顔になる。

「見た目はちょっと冴《さ》えないただのオジサンなんだけど、マナーもきちんとしているし、なんかすごく堂に入ってるの」

涼音は数回接客しただけだが、女性だらけのラウンジでも、一向に物怖《ものお》じしている感じがなかった。

季節のスイーツに合わせた紅茶のセレクトも、スイーツを食べる順番も毎回完璧で、あの達也ですら一目置いているのだと、瑠璃から聞かされたことがある。しかもラウンジが混まない平日を狙って現れるあたり、わざわざ有給休暇を取っているのかも分からない。

ラウンジでは明らかに異色だが、本人にまったく周囲を気にしている様子がないため、何度か眼にしていると、段々、その人がここにいるのが当たり前に思えてくるから不思議だ。

ある意味有名なその人物は、ラウンジスタッフの間では〝ソロアフタヌーンティーの鉄人〟と密かに称されているらしい。

だが、最近、涼音が少し気になっているのは、一か月に一度必ずやってくるもう一人の〝一人客〟だ。

「その人は普通のＯＬさんみたいなんだけど、ものすごく美味しそうに、食べてくれるの」

ソロアフタヌーンティーの鉄人と違い、彼女はマナーが完璧なわけではない。一番下の皿から、必ず自分の皿に一旦載せてから、といった基本的なルールは一切無視し、一番上の皿から直接手に取って食べてしまったりする。

けれど、ひと口ごとに心底幸せそうな表情を浮かべる。

そのうっとりとした表情を見るたび、涼音まで嬉しくなるのだ。

「そいつはいいなぁ」

タルトを咀嚼《そしゃく》しながら、滋が相好《そうごう》を崩した。

「そのお嬢さんにとっちゃ、お前がサービスするアフタヌーンティーが、最高のご褒美なんだろうなぁ」

皿に落ちたピスタチオのクランブルまで丁寧に拾い、滋は舌鼓を打つ。

「しかし、本当に美味いお菓子だな」

祖父の感嘆に異存はない。

サクサクとしたクッキー生地に、甘酸っぱいチェリーのフィリング、ほろりとこぼれる香ばしいピスタチオのクランブル……。達也が作るスイーツは、見た目が美しいだけでなく、食感も楽しく、味も素晴らしい。

率直に言って嫌な奴だけれど、パティシエとしての才能はさすがだ。

しかも意外なことに、達也の評判は、一緒に働いているパティシエたちの間では、決して悪くない。以前のシェフ・パティシエはやたらと長い報告書を書かせる人で、それだけで大変だったが、達也は実務主義なので助かると、若手パティシエたちが話しているのを聞いたことがあった。

〝こんな分厚い企画書、読んでも全然頭に入ってこないよ〟

随分と素っ気なく言い捨てられてしまったが、恐らく達也は合理的なだけなのだろう。

「こういう洒落た菓子、ばあさんにも食べさせてやりたかったなぁ」

滋がしんみりと呟《つぶや》いた。ハッと我に返り、涼音も少し寂《さび》しくなる。

「ねえ、おじいちゃん……」

二人きりのこの機会に、涼音は以前から気になっていたことを切り出してみた。

「お兄ちゃんも私も工場を継がなかったけど、それでよかったのかな」

小さな町工場ではあるが、祖父にしてみれば、祖母と二人三脚で苦労して立ち上げた城だったはずだ。

「なにを、バカな」

だが、滋はあっけらかんと笑った。

「もう町工場の時代でもないしな。あの工場は、お前のお父さんの代で終わりだ。直樹とお前は、自分の選んだ道をいけばいい」

「本当に？」

「当たり前だ」

祖父の屈託《くったく》のない微笑みに、いつしか涼音の心も軽くなる。

自分の選んだ道――。

祖父の言葉に、涼音は自分の気持ちを改めて見つめた。

そうだよね。

あんなに憧れて、自分で決めたことだもの。

これくらいの悩み、別にどうってことない。

深夜に祖父と向き合って食べた甘酸っぱいタルトは、不思議なくらい、涼音の気持ちを落ち着かせてくれた。


翌日も、アフタヌーンティーのサービスが開始になる正午から、涼音たちは大車輪で接客に励んでいた。桜山ホテルのアフタヌーンティーは、達也のスイーツもさることながら、ベテランシェフ秀夫のセイボリーも人気があり、昼食代わりに食べるゲストも多いのだ。

「リャンイン」

第一波が落ち着き、バックヤードで二時間後のゲストの予約表をチェックしていると、背後から声をかけられた。サポーター社員の呉彗怜《ウースイリン》が、ファイルを片手に立っている。

同じワンピースを着ているのに、スカートから伸びる脚がまっすぐで長い。抜群のスタイルを誇る北京《ペキン》出身の彗怜は、同世代だが既に一児の母だった。

「今天 有没有中国顧客《ジンティエンヨウメイヨウチョングオグークー》（今日、中国からのゲストはいますか）？」

中国語で話しかけられ、涼音はいささか焦る。

「あー、えーと、有《ヨウ》、有《ヨウ》（います、います）」

「幾点 来《ジーディエンライ》（何時にみえますか）？」

「三点 半《サンディエンバン》（三時半です）」

かろうじて答えると、「合格」と、彗怜は微笑んだ。アフタヌーンティーチームに配属されて以来、涼音は暇を見ては彼女に中国語の指導をしてもらっている。ちなみに、「リャンイン」は、涼音の中国語読みだ。

「週明けの会議はどうだった？」

彗怜が流暢《りゅうちょう》な日本語に切り替える。

「うーん、不太好《ブータイハオ》（あんまりうまくいかなかった）」

そこから先は中国語では無理なので、涼音も日本語でおおまかなことを手短に説明した。

「火を灯して食べる、クリスマスプディングね……」

彗怜は考え深い顔になる。

「いいアイデアだと思ったんだけどな」

二人でラウンジに向かいながら、涼音は未練がましく眉を寄せた。

「それは、どうでしょう」

「え……」

しかし彗怜にゆっくりと首を横に振られ、言葉を呑み込む。

「だって、リャンイン、このラウンジの客層をもっとちゃんと見たほうがいいよ。ここは、外資系ホテルの高層ラウンジじゃないもの」

彗怜の冷静な言葉に、涼音は改めてラウンジを見回した。

桜山ホテルのラウンジは低層階だが、ホテル自体が小高い丘の上にあるため、大きな窓からは庭園の桜や緑をゆっくりと眺められる作りになっている。大都会を見下ろす壮大なランドスケープがない代わりに、四季折々の自然の温かみにあふれている。

そのせいか、客層も、常にスマートフォンやノートパソコンを覗き込んでいるスノッブ感の漂うビジネスマンより、落ち着いた年配の人たちが多かった。

そう言われると――。

ブルーの炎に包まれる、ちょっと刺激的なプディングより、粉砂糖をまぶした王道のシュトーレンとかのほうが好まれるかもしれない。

「そういうのを、紙上談兵《ジーシャンタンビン》と言います」

「え、難しすぎるよ」

「机上の空論」

言い残し、彗怜はにこやかな笑みを浮かべて、お茶のお代わりを勧めに、テーブルの間を歩いていった。

背筋《せすじ》の伸びた後ろ姿を見送りながら、昨夜も滋から「本よりも客を見ろ」と言われたことを、涼音は思い出していた。

やっぱり、自分はまだまだだ――。

伏せていた視線を上げると、ふと、一人の女性が眼に留まる。

あ、あの人。

思わず予約表で確認してしまう。涼音が気になっているＯＬ風の女性は、西村京子《にしむらきょうこ》さんというらしかった。化粧けのない顔に度の強い眼鏡《めがね》をかけた少々地味な女性は、今日も幸せそうにアフタヌーンティーを頬張《ほおば》っている。

大粒の苺を載せた、桜風味のムース。フランス産グリオットチェリーのコンポートがたっぷり入ったタルト。卵の黄身のソースを添えた瑞々《みずみず》しいグリーンアスパラガス。サーモンとそら豆と新じゃがのキッシュ……。

一口食べるたび、京子はうっとりと目蓋《まぶた》を閉じる。

見ているこちらまで、よだれが出そうだ。

涼音はそれまで、アフタヌーンティーと言えば、〝お茶会〟に通じる社交の場なのだと思っていたが、ソロアフタヌーンティーの鉄人や、京子の姿を見るにつれ、ああして一人で集中して食べるのもまた、良いものだと思うようになっていた。

しかもそれは、アフタヌーンティーの食べ方として、あながち間違ってはいないのだと、最近知るようになった。なぜなら――。

「スズさん！」

そのとき、突然、腕をつかまれた。

お昼休憩に入っていたはずの瑠璃が、顔を真っ赤にして意気込んでいる。

「どうしたの」

「いいから、ちょっときてください」

涼音はラウンジの指揮を彗怜に任せ、瑠璃に引きずられるようにしてバックヤードまで戻ってきた。

「すごいことになりましたよ！」

バックヤードの扉を後ろ手に閉めるなり、瑠璃が鼻息を荒くする。

「さっき広報課から連絡が入って、なんとなんと、あのクレア・ボイルがこれからラウンジにくるそうです」

「クレア・ボイル？」

「スズさん、知らないんですか！　あの美しすぎるイギリス人ジョッキーを！　ありえないっしょ！」

憤慨《ふんがい》しながら、瑠璃がスマートフォンの画面を突きつけてきた。

そこには、栗毛の競走馬に跨《また》がった金髪の美女が写っている。

「今、短期免許で南関《なんかん》競馬に参戦している美人女性ジョッキーですよ。美しい、上手い、強いの三拍子《さんびょうし》。地方競馬にやってきた大輪の赤い薔薇《ばら》。先週の開催時は、大井の帝王を凌《しの》いで三連勝。クレアのおかげで、私の馬券も花盛りですよ！」

半分以上なにを言っているのか分からない。

このフランス人形の中に入っているのは、パリピではなく、実はオッサンなのではないかという疑念が湧いた。

しかし肝心《かんじん》なのは、バンケット棟の茶室で雑誌の取材を受けていた有名美人ジョッキーが、ホテル棟のラウンジに桜アフタヌーンティーがあると聞いて、ぜひ賞味したいと言っているらしいことだった。

こんなときのために、桜山ホテルのラウンジには、個室が用意されている。

「個室の予約、入ってなかったよね」

「大丈夫です！」

「それじゃ、私、取材協力でアフタヌーンティーの紹介も入れてもらえないか、広報課に確認してみる」

涼音とてマーケティング部の社員だ。その辺は抜かりがない。

「じゃ、じゃじゃじゃじゃ、じゃあ、じゃあ、ラウンジ公式SNS用の撮影もさせてもらえないか聞いてみてくださいっ！」

大興奮の瑠璃に個室の準備を任せ、涼音は広報課と連絡を取りつつ厨房《ちゅうぼう》に走った。

達也と秀夫を呼び出し、訳を説明すると、二人ともこうした事態には慣れているようで、落ち着いた様子で引き受けてくれた。

「へえ、クレア騎手がねぇ」

秀夫はクレア・ボイルを知っているらしく、しきりに頷いている。

「あの、飛鳥井さんは、ラウンジを代表してクレアさんの接客もお願いできないでしょうか。メディアでアフタヌーンティーの紹介もしてもらえることになったので」

突然のことなので、さぞや嫌みを言われると覚悟していたのだが、意外にも達也は無言で頷いた。

「すみません」

「いや、今日は比較的余裕があるから」

言葉少なく言って、達也は厨房に戻っていく。「クレア騎手かぁ」と呟きながら、秀夫もいささか浮かれた様子で後に続いた。二人の後ろ姿を見送りながら、別段嫌われているわけではなさそうだと、涼音は密かに胸を撫《な》で下ろす。

さて、こうしてはいられない。

個室に向かい、瑠璃と共にテーブルセッティングに精を出した。白いテーブルクロスの上に、桜の生け花を飾り終えたところに、広報の男性とカメラマンに伴われて一人のスレンダーな金髪美女がやってきた。

クレア・ボイルは写真以上に華やかで、快活によく笑う、とても感じの良い女性だった。フランス人形の皮をかぶった瑠璃は瞳を潤ませてクレアに近づき、「ユーアーソースイート（可愛い人ね）」なんて言われている。調子に乗った瑠璃は、公式ＳＮＳ用の写真以外にも、何枚も私用の写真を撮らせてもらい、大はしゃぎだ。

涼音は競馬に詳しくないが、こんなに美しい女性が、男性騎手たちに交じって馬を駆《か》るとはなんだか信じられなかった。

やがて、桜アフタヌーンティーを載せた三段スタンドと共に、真っ白なパティシエコートに身を包んだ達也がやってきた。桜の花やよもぎを使った桜山ホテル独自のスコーンについて流暢な英語で説明する達也に、クレアは興味深そうに頷き返している。

必要があれば通訳を買って出ようと思っていたのだが、その心配は全く無用だった。達也は涼音以上に英語が達者だ。

それも、そうだよね――。

考えてみれば、達也は元々外資系ホテルでパティシエをしていたのだ。パリの製菓コンテストで、上位入賞したとも聞いている。留学や海外修業の経験だってあるに違いない。

顔を寄せて話しているクレアと達也は、実に絵になる。見目麗しい二人の様子を、カメラマンが何枚も写真に収めていった。

「エンジョイ　ユアータイム（お楽しみください）」

一通りの説明を終えると、達也は恭《うやうや》しく頭を下げて退出する。瑠璃を部屋に残し、涼音も後を追った。

「飛鳥井さん、ありがとうございました」

「いや、これも仕事だから」

達也がちらりとこちらを振り返る。

「でも、英語すごくお上手ですね。やっぱり、留学とか海外修業とかされてたんですか」

何気なく尋ねただけなのに、その途端、達也の眼差しがすっと刺すように冷たくなった。

「してない」

「え？」

「留学も海外修業もしていない」

立ちどまり、達也が正面から涼音を見据える。

「だから、なんだよ」

あまりに強い口調に、涼音は返す言葉を失った。

くるりと踵《きびす》を返し、達也が大股《おおまた》で去っていく。

な、なに、あれ……。

嫌われていたわけではないと、思い直したばかりなのに。

一体なんなの、あの態度……！

涼音は憤然として、遠ざかっていく背中をにらみつけた。

ラウンジがフル回転になる、週末がやってきた。予約表でゲスト数を確認し、涼音は棚からティーポットを取り出した。

紅茶用の湯を沸かすときには、ケトルに蓋をしないのが基本だ。

業務用の巨大なケトルに満たした水の表面に、五百円玉大の泡がぶくぶくと沸き上がるのを確認し、涼音はタイマーをかけた。空気を含ませながら水を完全に沸騰《ふっとう》させ、三十秒後に火をとめる。

ラウンジで供されるアフタヌーンティーの紅茶は、涼音たちラウンジスタッフが準備する。ゲストのくる時間に合わせて大量の湯を沸かすことから、ラウンジの仕事が本格的にスタートすると言っても過言ではない。

桜山ホテルのラウンジでは、「ティーコレクション」として、常時二十種類以上の茶葉が用意されている。

華やかな香りが特徴のダージリン、インドが産地のニルギリ、スリランカの高地で育まれたヌワラエリア、蘭《らん》の花の芳香を持つ中国のキーマンといったクラシックティー。

ベルガモットが香るアールグレイ、ウイスキーの芳醇《ほうじゅん》な香りとカカオの実がブレンドされたアイリッシュウイスキークリームなどのフレーバードティー。

ハーブと果物を組み合わせたアップルカモミールや、オレンジルイボスなどのノンカフェインティー。

それから季節限定のシーズナルティー……。

アフタヌーンティーを注文したゲストは、好きな茶葉を選んで何回でも紅茶をお代わりすることができる。分厚いティーブックを開いて茶葉を選ぶだけでも、わくわくした気分を味わってもらえるに違いない。

桜山ホテルでは、サポーター社員も含め、ラウンジに立つ全員が、ティーインストラクターによる厳しい研修を受けていた。メニューに合わせて茶葉をセレクトするのは、シェフ・パティシエの達也だが、それを生かすも殺すも、涼音たちラウンジスタッフの腕にかかっている。ベテランの香織に至っては、自らティーインストラクターと紅茶アドバイザーの資格まで持っていた。

やはり、それくらいでないと、調理班のシェフたちからは相手にしてもらえないのだろうか。

ティーポットを並べながら、涼音は小さく息をつく。

もう四月の半ばを過ぎようとしているのに、未だにクリスマスアフタヌーンティーの企画に達也と秀夫の同意を得られていない。うかうかしていると、繁忙期のゴールデンウイークがやってきて、会議どころではなくなってしまう。

このままでは本当に、香織が昨年作ったプランを踏襲することになりそうだ。

しかしそれでは、せっかく念願のアフタヌーンティーチームに異動してきた甲斐《かい》がない。

〝だから、なんだよ〟

先日の達也の冷たい眼差しを思い出し、涼音はますます重い溜め息をついた。

単に海外修業をしているか否かを尋ねてみただけなのに、なにがそんなに達也の不興を買ったのだろう。別に留学や海外修業をしていなくても、優秀なパティシエやシェフは山ほどいる。現に達也は三十代という若さで、現場のチーフ、シェフ・パティシエを任されているではないか。

それをあんなに怒るなんて――。

つまるところ、達也の度量が狭いだけだ。

そう開き直ってみると、今度はだんだん腹が立ってきた。

かくいう達也は、今日は仕込みを終えると、広報課に呼び出されてバンケット棟へ出向いている。前回飛び込みで桜アフタヌーンティーを食べにきた、〝美しすぎるイギリス人ジョッキー〟クレア・ボイルが桜山ホテルオリジナルの桜スコーンとよもぎスコーンをいたく気に入り、今回、情報番組の特別枠で、シェフ・パティシエの達也との対談が組まれることになったのだ。

アフタヌーンティーの本場、イギリスから来日中のクレアと、イケメンパティシエ達也が、東西のスイーツ談義に花を咲かせる企画らしい。

テレビの露出は美味しいとは言え、今日はゲストの多い週末なんですけどね……。

顔を寄せて話していた達也とクレアの様子を思い返し、涼音は思わず「ふん」と鼻を鳴らしそうになる。

いけない、いけない。

涼音は慌《あわ》てて姿勢を正した。こんな荒れた気持ちでは、紅茶の味を悪くしてしまう。

英国のアフタヌーンティーは、ホストのマダムもゲストと一緒になってお茶を楽しむのが慣例だ。ラウンジの自分たちも、ゲストを迎えるマダムになったつもりで心を込めてお茶を淹れなければならないと、ティーインストラクターから教えられた。

ホテルのラウンジによっては、既にお茶をカップに注いだ状態でゲストに提供することも多く、そのほうがたくさんのお茶をテイスティングしたいゲストからは好評だったりもするのだが、桜山ホテルでは、伝統的なイギリスの習慣に則《のっと》り、ポットごとテーブルに運び、ゲストの眼の前で一杯めを注ぐ。一杯めは水色《すいしょく》と呼ばれる澄んだ色とふくよかな香りを、二杯めは紅茶本来の味と渋みを味わってもらうためだ。

渋みが苦手なゲストには、二杯めからはミルクを入れて楽しんでもらってもいい。

「スズさん、桜ティー三つに、アールグレイ一つですぅ」

ラウンジで注文を受けてきた瑠璃が、伝票を滑《すべ》らせてくる。

「了解」

涼音は湯を注いだティーポットをゆっくりと回し、ポット全体を丁寧に温めた。いつにもまして、忙しい一日が始まる。

「やっぱ、シーズナルティーは人気ですねぇ」

瑠璃が紅茶の缶をあけると、周囲に爽《さわ》やかな茶葉の香気《アロマ》が漂った。この時期、一番人気の桜ティーは、春摘《はるつ》みのダージリンに、「匂い桜」とも呼ばれるオオシマザクラの花と葉をブレンドした桜山ホテルオリジナルの瑞々しくも華やかなお茶だ。

アフタヌーンティーの紅茶は、スイーツに使われている素材と同じフレーバーのものを合わせると相性が良くなる。涼音たちラウンジスタッフが薦《すす》めるまでもなく、ゲストもその旨を心得ているようだった。

加えて、桜山ホテル名物の桜アフタヌーンティーは今月一杯で終わり、来月の五月からは新緑をテーマにしたグリーンアフタヌーンティーが始まる。季節限定の桜ティーは、この時期を逃すと、来年の春まで味わえないのだ。

「スズさん、ポットのスタンバイ、お願いしますぅ」

「了解」

涼音が温めたポットに、瑠璃がメジャースプーンで量った茶葉を次々に入れていく。茶葉の分量は、リーフの大きさによってそれぞれ異なる。大きなリーフなら山盛り一杯、細かなリーフならすりきり一杯が大体の目安だ。

「準備完了ですぅ」

「それじゃ、瑠璃ちゃん、いくよ」

「了解ですぅ」

涼音が巨大なケトルを持ち上げ、できるだけ高い位置から勢いよく熱湯を注いでいくと、瑠璃が香気成分を逃《のが》さないように、すかさずポットの蓋を閉めていく。

既に阿吽《あうん》の呼吸だ。

このときポットの中では、茶葉が上下に激しく動く、〝ジャンピング〟と呼ばれる現象が起きている。研修の際、ガラスのポットを使って訓練したが、茶葉がダンスを踊るように激しく跳《ちょう》躍《やく》しながら湯を褐色《かっしょく》に染めていく様子は、何度見ても興味深かった。

ポットにティーコージーをかぶせ、砂時計をひっくり返す。蒸《む》らす時間は約三分。砂時計が落ち切る直前に、ゲストのテーブルに提供する。

トレイを用意していると、サポーター社員の呉彗怜が新たな伝票を手にやってきた。

ゲストへのサービスを彗怜たちサポーター社員に任せ、涼音と瑠璃は第一波が収まるまで、配膳室《パントリー》でお茶の準備に追われた。

やはり、季節限定の桜ティーの人気が圧倒的だ。ソメイヨシノはすっかり散ってしまったが、現在、桜山ホテルの庭園では遅咲きの八重桜が満開だった。

桜アフタヌーンティーと桜ティーを味わいながら、桜の見納めをする週末は、誰にとってもとびきり優雅なものに違いない。その一刻を、一層忘れられないものにするための手伝いができればと、重たいケトルを持ち上げる涼音の手に力が入る。

できるだけ高い位置にケトルを掲げるのは、お湯に空気を含ませて、茶葉のジャンピングを活性化させるためだ。

それから小一時間、お茶を淹れ続け、第一波が収まる頃には、すっかり肩のつけ根がだるくなっていた。

「じゃあ、私、ラウンジに戻ってますぅ」

ラウンジに向かう瑠璃の姿を見送り、涼音は次の予約を確認しようと、バックヤードに足を向けた。

今日は午後から、誕生祝いのゲストが何組か入っている。デコレーションのクリームに立てるキャンドルを早めに用意しておこう。

キャンドルの本数を計算しながらバックヤードの扉をあけた涼音は、そこに思いがけない人物がいることに眼を見張った。

テレビ出演のために、バンケット棟へいっているはずの達也が、ノートパソコンに向かっている。

「飛鳥井さん？　なんで、まだ、こんなところに……」

言いかけて、涼音は口をつぐんだ。

振り返った達也の顔が、驚くほど蒼褪《あおざ》めている。こめかみには、汗まで滲《にじ》んでいた。

突然、体調でも悪くなったのだろうか。

「一体、どうしたんですか。収録始まるんじゃないんですか」

「なんでもない」

心配して声をかけたのに、うるさげに首を振られた。

「悪いけど、出てってもらえないかな」

つっけんどんに続けられ、涼音は耳を疑う。

「それ、どういう意味ですか」

「ちょっと急ぎなんだ」

「調べものなら、私も手伝いますけど」

「いや、時間がないから」

「だから、なにしてるんですか」

覗き込もうとすると、達也が慌ててノートパソコンを閉じた。

その瞬間、達也のパティシエコートのポケットからスマートフォンの呼び出し音が響く。達也が大きく舌打ちした。

なんだかよく分からないが、相当取り込んでいる様子だ。

「お邪魔なようですので、失礼します。では、どうぞごゆっくり」

涼音が肩をすくめてバックヤードを出ていこうとすると、今度はいきなり腕をつかまれた。

「待って！」

「は？」

あまりの訳の分からなさに、涼音は思い切り顔をしかめる。しかし、いつも冷静な達也が必死の形相を浮かべていることに気づき、さすがに異変を感じた。

「飛鳥井さん、なにがあったんですか」

涼音は落ち着き払って、達也に向き直る。

こういうときは、こちらも慌ててはいけない。

できるだけ相手を安心させるように、静かな口調で、用件を聞き出すのが肝心だ。

「大丈夫です。ゆっくり話してください」

涼音は達也の眼を見て告げた。

舐《な》めてもらっては困る――。

アフタヌーンティーチームでは新参者かもしれないが、自分は酔客の多い宴会担当で鍛えられ、接客コンテストでは優勝に輝いているのだ。

相手がパニックを起こしかけている事態の対処法も、それなりにわきまえている。

それでも達也はしばらく逡巡《しゅんじゅん》していたが、やがて覚悟を決めたように、ポケットから何かを取り出した。

「これ、読んでもらえないかな」

「え？」

ところが、差し出されたのが、手書きのメッセージカードであることに気づき、涼音は再び眉間にしわを寄せた。それは、クレアからのカードのようだった。

「なに、言ってるんですか。読めませんよ。だって、それ、私信《ししん》でしょう？」

まさか、ラブレターを読めとでもいうつもりか。

「違う、違う。そうだけど、そうじゃない」

「だから、なに、訳分かんないこと言ってるんですか」

「いや、クレアからだけど、そういうんじゃない。前回の感想を書いてきてくれたらしいんだ」

しかたなく、涼音はそれを受け取った。読みやすいきれいな字で、日本独特のフレーバーを盛り込んだ、桜スコーンやよもぎスコーンに対するコメントが書かれている。

確かに、意味深長な内容ではなさそうだ。

「広報課の野郎、こんなの直前に持ってきやがって……」

ぶつぶつ呟いている達也に、涼音はクレアの感想を手短に訳していった。

「イギリスでは、スコーンに先にジャムを塗《ぬ》る〝ジャム・ファースト〟か、先にクリームを塗る〝クリーム・ファースト〟かで、インスタグラムでも盛んな論争が起きています。番組では、その辺もぜひお話ししましょうね……、だそうです」

「悪い、助かった……」

温かな文面に、クレアの薔薇が咲いたような笑顔が重なる。

達也の深い溜め息に、涼音はふと、先日の光景を思い起こした。

あれ――？

途端に訝《いぶか》しさが込み上げる。

この人って、英語ペラペラのはずじゃなかったっけ。

前回は、クレアと流暢な英語で談笑していた。だから、涼音は達也に海外修業の経験があると推測したのだ。

再び、達也のスマートフォンが鳴り響く。

「今、いきます」

ぶっきらぼうに応答し、達也がバックヤードの扉をあけた。

「あ、そうだ、遠山さん」

一旦部屋を出かけていた達也が、なにかを思い出したように戻ってくる。クレアのカードかと思って差し出すと、「ああ」とそれをポケットにしまい、「いや、そうじゃなくて」と、怖いような眼差しで見返してきた。

「このこと、誰にも言わないでくれ」

「え」

「頼む」

勢いに押され、微かに頷く。

「助かる」

言うなり、達也はパティシエコートの裾を翻《ひるがえ》して部屋を出ていった。

どういうこと……？

足早に遠ざかっていく後ろ姿を、涼音はただ茫然《ぼうぜん》と見送ることしかできなかった。


「あー、疲れた……」

私服に着替えた涼音は、ホテル棟から庭園に出るなり、大きく伸びをした。

ゲストの多い週末のラウンジ業務がようやく終わった。

腕のつけ根を回しながら、石段を一段一段下りる。

小川にかかる朱塗りの弁慶橋《べんけいばし》や、盛りの八重桜が闇の中にライトアップされ、木立の中の石灯籠にもぼんやりと明かりが灯り、桜山ホテルの庭園は夜も幻想的だ。

今日は本当に大変だった。

午後からラストオーダーの夕刻まで、二時間刻みにぎっしりと予約が詰まっていて、パントリーでもラウンジでも息つく暇がなかった。バータイムのスタッフと交代に更衣室に入ったときは、腕が上がらない程だった。

それでも、こうして庭園に出て木々や土の香りをかぐと、全身の細胞が甦ってくるのを感じる。

都心の超高層ホテルも刺激的ですてきだけれど、広大な日本庭園が持つ癒《いや》し効果はやはり絶大だ。

〝パリピ〟の瑠璃は、今週末も勇んで都会の夜に繰り出していったが、涼音はいつものように庭園内をゆっくり歩いて帰ることにした。

清流の中、水車がごとごと音をたてながら回っているのを見ると、心が休まる。この沢はビオトープになっていて、あと二か月も経てば、そこかしこにゲンジボタルが舞い飛ぶのだ。

それにしても……。

ふと、バックヤードでの達也の様子を思い起こし、涼音は首を傾げる。

今日の達也は本当に変だった。

収録を終えた達也は、何事もなかったように厨房に戻り、いつも通りにてきぱきと指示を出し、きびきびと仕事をこなしていた。涼音も大忙しで、結局、その後はバックヤードで顔を合わせることもなかったが、達也は今も厨房で、バータイムのシャンパンやカクテルに合わせたデセールの陣頭指揮を取っているはずだ。

テレビ収録のプロモーションに、厨房の指揮にと、八面六臂《はちめんろっぴ》の活躍を見せている達也を思うと、酷《ひど》い態度を取られたのも忘れて、素直に頭が下がる。

でも、あの画面――。

ノートパソコンに残っていたワードデータが脳裏に浮かび、涼音は首をひねる。あのとき、達也は一体、なにをしようとしていたのだろう。

思案しながら歩いていると、井戸の傍のベンチに誰かがいるのが眼に入った。

「西村さん……？」

満開の八重桜を見上げながらおにぎりを食べているその人の横顔を認め、涼音は思わず口走ってしまう。

その瞬間、月に一度、必ず一人でアフタヌーンティーを食べにくる、少し地味なＯＬ風の女性が、ぎょっとしたようにこちらを見た。

「あ、ごめんなさい」

涼音は慌てて頭を下げる。

「私、このホテルのラウンジスタッフの遠山と申します。いつも、アフタヌーンティーをご利用いただいている西村京子様ですよね？」

驚かせてしまったことを詫《わ》びようとすると、京子が勢いよくベンチから立ち上がった。

「す、すすす……すみません……！」

反対に深々と頭を下げられてしまい、涼音は戸惑う。

「こ、ここ、こんなところで、こ、こんなの食べてて、ほ、本当にすみません。じ、じじじ、実は今はお給料日前でして、ラウンジにお伺いすることもできず……」

「いいんですよ、いいんですよ」

ひどく恐縮する京子を、涼音は笑って押しとどめた。

桜山ホテルの庭園は、基本的に一般開放されている。それぞれの門に守衛《しゅえい》はいるが、余程のことがない限り、進入を禁じられることはない。

ましてや京子は、ラウンジの常連客だ。

「お好きに楽しんでいただいて、まったく問題ございません。私も仕事の終わりには、いつもこうやって散歩してるんですよ」

そう告げると、京子はようやくホッとした顔になった。

「八重も綺麗ですよね」

京子と並び、涼音も八重桜を見上げる。桜と言えば、はらはらと花びらを散らす儚《はかな》げなソメイヨシノが真っ先に思い浮かぶが、枝の先に大きな花をいくつもつける八重桜は、それだけで天然のブーケのようだ。

ライトアップされた八重桜は、一層華やかで美しい。

園内にはセキュリティー用のカメラがあちこちに設置されているので、女性が一人で安心して夜桜を楽しむのに、ここはうってつけの場所かもしれない。

「……実は今日、会社のお花見だったんです」

独り言のように、京子が話し出す。

「私、いつまで経ってもそういうにぎやかな集まりに慣れなくて……。結局、途中で、なにも食べずに退席しちゃったんです」

うつむいたままで京子は続けた。

「どうせ、私がいなくなっても、誰も気づきませんし」

京子の声に自嘲《じちょう》的な色が滲む。

「でも、一人でこのまま帰るのがなんか味気なくて、お腹も減ってましたし……。コンビニでおにぎりを買ったんですけど、食べる場所も見つからなくて……。それで、気がついたら、ここにきてたんです」

顔馴染《かおなじ》みの守衛に「いらっしゃいませ」と声をかけられ、つい庭園に入ってしまったのだと、京子はばつが悪そうに打ち明けた。

「それは、光栄なことです」

涼音が微笑むと、京子は突然、我に返ったようにうろたえ始めた。

「ご、ごめんなさい。私、突然、こんな話……！」

「いえ」

涼音は首を横に振る。

「どうぞ、おかけになってください」

暗がりでも分かるくらい赤くなっている京子を促し、自分も隣に腰を掛けた。

京子の傍らのトートバッグから、なにかの教本が覗いている。そう言えば、京子はアフタヌーンティーを食べ終えると、紅茶を飲みながら、いつも制限時間一杯まで熱心に勉強しているのだった。

「資格とかの勉強をなさっているんですか」

声をかけると、京子はハッとしたようにトートバッグを引き寄せた。

「実は……」

京子がおずおずと、バッグから教本を取り出す。

「英語の翻訳《ほんやく》検定を受けようと思っていて」

「翻訳？　すごいですね！」

「いえいえいえいえいえ」

尋ねたこちらが申し訳なくなるほど、京子は激しく首を振った。

「全然たいしたことないです。ただの独学ですから。でも、まだ、翻訳なら自分にもできるかな、と思って……。私、会話は、もう、日本語でも全然駄目ですから」

「そんなことないですよ」

「いえ、私って、本当に駄目なんです」

京子はふと、夜風に揺れる八重桜に眼を据える。

「翻訳検定だって、二級以上じゃないと、転職や仕事には結びつかないんです。そのためには、独学じゃなくて、ちゃんと学校に通ったほうがいいってことは分かってるんですけど。でも、そこまでの踏ん切りをつけられないのが、私の一番駄目なところで……」

そこまで話すと、京子は口をつぐんだ。

「……ごめんなさい。こんな話、ばっかり」

再び深くうつむいてしまった京子を、涼音はじっと見つめる。自信が持てないのは、自分だけではないのだなと感じた。

ティーインストラクターや紅茶アドバイザーの資格があるわけでもなく、あるのは暑苦しいやる気ばかり。達也はもちろん、本当は秀夫や瑠璃からも煙たく思われているのではないかと、時折心細くなる。

心の奥底にたまった不安がぽろりと口から出てしまうことなんて、誰にだってあるはずだ。特に、こんなふうに艶《あで》やかな桜が夜風に騒ぐ宵なら――。

「私も本当は、資格の勉強しなきゃいけないなって思っているんです」

自《おの》ずと涼音も、正直な気持ちを口にし始めていた。

入社以来、ずっと憧れていたアフタヌーンティーチームに、今年ようやく異動になったこと。けれど、自分を後任に推薦してくれた先輩と比べると、自分はまだまだ力不足であること。

「その先輩は、ティーインストラクターの資格を持っていて、紅茶のソムリエみたいなこともできる人だったんです」

いつしか京子は顔を上げて、涼音の話を熱心に聞いてくれていた。

「でも、働きながら資格の勉強するのって、結構大変ですよね」

資格取得のための学校には、夜間コースや、土日に限定した集中コースもあるが、きちんと通うには相応の覚悟と資金が必要になる。ホテル勤務は土日出社が必須だし、正直、激務の後に学校に通う気力は到底残っていそうにない。

「だから、たとえ独学でも、最初の一歩を踏み出している西村さんは、やっぱりすごいと思います」

「そうでしょうか」

京子はやはり自信なさげに首を傾げる。

「私の場合、通う時間はあっても、それに踏み切る勇気がないだけなんです。新しい環境に足を踏み入れるのが、怖いっていうか……」

それでも、その表情が、随分落ち着いたものに変わっていた。

「西村さん」

ふいに思いついて、涼音は切り出してみた。

「差し支えなければ、ご意見をお聞かせいただけないでしょうか」

自分がサービスするアフタヌーンティーを、いつも心から幸せそうに食べてくれる京子の意見なら、きっとなにかのヒントになるのではないかと涼音は直感する。

「実は、クリスマスアフタヌーンティーの新しいプランが、なかなかまとまらなくて……」

調理班を納得させられるプランがどうしても出せないのだと相談すると、京子は少し真剣な顔になった。

しばし考え込んだ後、おっかなびっくりといった様子で、京子がもごもごと話し始める。

「あの……、これは私の個人的な意見で、絶対に少数派だと思うんですけど……」

「はい」

「私的には、あんまり、クリスマスっぽくないほうがいいです」

「え」

クリスマスアフタヌーンティーなのに、クリスマスっぽくないほうがいい？

一瞬、涼音の頭が真っ白になった。

「いえ、だから、これ、私の非常に個人的な意見で、まったく参考にならないと思います。大体、私、一人でアフタヌーンティー食べてる超少数派ですし」

涼音の顔色を読み、京子が再び慌て始める。

「ただ、クリスマスの時期って、どこもかしこもきらきらしてて、ますます一人じゃ入りづらいっていうか、私みたいに地味な客は、メニューを見てるだけで、なんだかスミマセンみたいな気分になっちゃって……。って言うか、へ、変なこと言っちゃって、ほ、本当に、ご、ごご、ごめんなさい！」

平謝りに謝る京子をぼんやりと見返しながら、しかし、どこかで微かに納得する自分もいた。

桜山ホテルのラウンジでアフタヌーンティーを楽しんでいるゲストは、都心の高層階に位置する外資系ホテルと比べると、年齢層が高い。恋人同士よりも、母と娘や、高齢の婦人たちが多い。あまりにきらきらした「ザ・クリスマス」といったメニューばかりが用意されていると、特に年配のご夫婦などは居心地が悪くなってしまうかもしれない。

「あの」

まだ挙動不審に視線をさまよわせている京子のほうへ、涼音はずいと身を乗り出した。

「それでは、ツーライン用意するというのはいかがでしょう」

「ツーライン……」

「はい」

涼音は深く頷く。

「クリスマスっぽいメニューのものと、王道のアフタヌーンティーっぽいもので。美術館の特設と常設みたいな感じで……」

言い終わらないうちに、「いいですね！」と、京子が親指を突き立てた。

急に自信にあふれた仕草を返され、涼音は思わず噴き出してしまう。気がつくと、二人で肩を揺らして大笑いしていた。

「私、最初は一人でアフタヌーンティーを食べるのも、大変だったんです」

京子が眼鏡を外し、笑いすぎて滲んだ涙を指先でぬぐう。

「西村さんは、いつもネットサイトでご予約いただいていたんですよね」

涼音の確認に、京子は頷いた。

「私、寝る前にホテルのサイトを見て回るのが好きなんです。泊まる予定もないのに、綺麗な写真を見て、ただ憧れてるだけだったんですけど……」

桜山ホテルが一人でもアフタヌーンティーの予約を受けつけていると知り、つい、クリックボタンを押してしまったのだという。

「画面に〝ご予約が完了しました〟って表示が出たときには、正直言って焦りました。本当は、どこかでキャンセルするつもりだったんです。遠山さんにこんなことお話しするのも、申し訳ないんですけど」

京子が口をすぼめる。

「皆、仲のいいお友達や恋人と一緒なのに、私だけ一人って、やっぱり気が引けるじゃないですか」

しかし、結局キャンセルすることができず、予約の日がやってきてしまったのだそうだ。

恐る恐るラウンジを訪ねた京子は、眼に入ってきた光景に拍子抜けした。

「窓側の席で、普通のオジサンが一人でアフタヌーンティーを食べてたんです」

言葉を選んでしどろもどろしながら、京子は続ける。

「別にオシャレとかじゃなくて、本当に、普通のオジサンだったんです。失礼な言い方ですけど、服とかも地味なスーツだし、髪も、あの、少し心許ないというか……」

聞いていて、涼音はピンとくる。

ソロアフタヌーンティーの鉄人だ。

「でも」

京子が顔を上げて、涼音を見やる。

「一人で紅茶を飲んでいるその人が、なんだかとっても楽しそうに見えたんです。そのとき、一人でアフタヌーンティーを食べるのは、別におかしなことじゃないんだなって思えたんです」

「もちろんですよ」

涼音は請け合う。

「お菓子はご褒美ですもの」

「お菓子はご褒美……」

繰り返す京子に、涼音は強く頷いた。

「私の祖父は、いつもそう言ってました。私、アフタヌーンティーって、最高のご褒美だと思うんです」

言ってしまってからハッとする。

京子の頬に、ほんのわずかだが暗い影が差したような気がしたのだ。

余計なことを言いすぎたのかもしれないと、涼音は内心焦った。同世代の近しさもあって、つい話し込んでしまったが、京子は友人ではなく、あくまでもゲストなのだから――。

「すてきな言葉ですね」

だが、次の瞬間には、京子は穏やかな表情に戻っていた。

「今日、遠山さんとお話しできてよかったです」

曇りのない眼差しに、ほっと胸を撫で下ろす。

「こちらこそ、ありがとうございます。相談にまで乗っていただいて」

涼音は心から頭を下げた。

「また、ぜひ、いらしてください。来月からは新緑をイメージした、グリーンアフタヌーンティーが始まりますし」

「はい、必ず」

京子がすっかり打ち解けてくれていることに、涼音はなんだか嬉しくなる。

しかも、小さなヒントまでもらってしまった。

「どうか、ごゆっくりなさっていってくださいね」

早速帰って考えをまとめようと、涼音は会釈してベンチから立ち上がる。

艶やかにライトアップされた夜桜の下、京子はいつまでもこちらに向かって手を振っていた。

その晩、涼音は自分の部屋で遅くまでパソコンに向かっていた。

ツーラインという考えは、もしかしたら当たりかもしれない。十二月と言えば、飲食関係はどこもかしこもクリスマスメニュー一色だが、それ以外のものを求めているゲストだって、案外多いかもしれないのだ。

たとえば、一年頑張った自分へのご褒美。家族や気の置けない仲間と、ゆっくり楽しむ忘年会……。

涼音はキーボードをたたく。

あまりカップル向けではなく、季節的には定番のシュトーレンを加えるくらいで、後は、一年のうちで人気のあったスイーツやセイボリーを配して――。バッキンガム宮殿のレシピを応用した、トラディショナルアフタヌーンティーなんていうのもすてきかもしれない。

よくよく考えてみれば、達也の作るスイーツも、意外に基本に忠実なものが多いのだ。

春の名物の桜スコーンやよもぎスコーンは、桜山ホテル伝統のメニューだし、他にも奇抜なものは少ない。それなのに、色や香りや舌触りにきらりと輝く個性があって、食後の満足感がいや増す。きっと、基礎がしっかりしているから、物珍《ものめずら》しいメニューでなくても、洗練された印象になるのだろう。

もしかして、この案なら、納得してくれるかな。

微かな期待に胸を膨《ふく》らませていると、ふと、今日の達也の不可解な行動が甦った。

クレアの手書きの文字は癖もなく、綴《つづ》りが読みづらいということもなかった。

会話は駄目だけれど、翻訳ならなんとかなるといったようなことを、先ほど別れた京子が言っていたが、その逆を考えてみても、いささか極端すぎる気がする。

あれ?

涼音の頭の中に、なにかが引っかかった。

そう言えば、確かそんなことを、どこかで読んだ覚えが……。

ふいに思いついて、涼音は机の引き出しをあけてみる。以前、接客コンテストに出る前に、兄の直樹が家に置いていった教材を参考にしたことがあったのだ。

引き出しの中を覗き込み、ごそごそと探る。

「あった!」

随分昔に読んだ教材が、引き出しの奥からくしゃくしゃになって出てきた。

折れたページをめくっていくうちに、涼音は大きく息を呑む。

欠けていたパズルのかけらが、ついに見つかった気がした。


「ツーライン?」

涼音の説明を聞いていた達也の眉間にしわが寄る。

「はい」

険しい表情に臆しかけたが、涼音はしっかりと頷いた。

週明けの企画会議。前回よりもずっとコンパクトな企画書を携《たずさ》え、涼音は再びのプレゼンに臨んでいた。

「桜山ホテルのラウンジの客層から言うと、クリスマスメニューのほかに、一年を総括するようなメニューがあってもいいのではないかと思うんです」

今回の企画書は、文字数も減らし、すっきりと読みやすい形にまとめている。客層を集計したグラフや、メニュー案のイメージ写真もつけ加えた。前回に比べてずっと読みやすいはずだ。

なにより、ラウンジの常連客である西村京子のアドバイスを取り入れたプランは、サポーター社員の呉彗怜が言うところの「机上の空論」ではない。

「それ、本気で言ってるの？」

しかし、達也の口調は相変わらず冷たい。

「桜山ホテルのアフタヌーンティーの歴史は、他のホテルよりも長いです。ずっと通い続けていただいているお客様の中には、クリスマスでも、いつものメニューを食べたいと感じている方がいらっしゃるかもしれません。たとえば、美術館の企画展と、常設展みたいな感じで……」

「ちょっと待って」

涼音が企画書をめくったところで、達也からストップがかかった。

「美術館なら作品を設置しておけばいいだろうけど、調理の現場はそうはいかない。クリスマスみたいな繁忙期にツーラインを作るなんて、こっちは戦争状態だ」

同意を求めるように、達也はセイボリー担当の秀夫を見やる。

「そうだねぇ……」

秀夫が白いものの交じった眉を寄せた。

「メニュー次第では、なんとかなるかもしれないけどねぇ」

お――。

秀夫の態度が軟化したことに、涼音は前のめりになる。

「クリスマスのスイーツって、割と日持ちするものが多いですよね。シュトーレンとか……」

「それだけ手間がかかるからね」

ここが粘りどころと畳みかけてみたものの、ぴしゃりと言い返された。

隣の席の瑠璃はもっともらしく腕を組んで考え込んでいる――体《てい》を装い、恐らく、というか絶対に今日も眠り込んでいる。

パリピめ……。

土日勤務の後に繁華街に繰り出していられる元気など、あと数年と心得よ。

瑠璃のつるんとした張りのある肌を、涼音は横目でにらみつけた。

「とにかく、ラウンジは美術館じゃないんだから」

達也が肩をすくめる。

「コストの面だってあるんだしさ」

どうやら今回の案は、客を見すぎて、現場を見ずといったところだったのか。

アフタヌーンティーの開発――。先輩の香織のインタビュー記事を読んだときは、これ以上すてきな仕事はないと思ったのに、実際に携わってみると、本当に難しい。

涼音が黙していると、達也があっさり立ち上がった。

「じゃあ、これで」

まだ仕込みまでには時間があるはずなのに、これ以上涼音の話を聞くつもりはないようだ。

さっさと会議室を出ていく達也の後を、涼音は思わず追いかける。

「飛鳥井さん」

廊下で呼びとめると、大きく溜め息をつかれた。

「なに？」

不機嫌そうな表情に、一瞬ひやりとする。顔立ちが端整なだけに、眉をひそめられると冷たさが際立った。

しかし、今日はこのまま引き下がるわけにはいかない。新メニューのほかに、達也には確認しておきたいことがあった。

「まだ、少し時間がありますよね。ちょっと、お話しできませんか」

バックヤードにはほかのスタッフがいる時間だったので、涼音は達也をパントリーの片隅に誘った。

人気《ひとけ》のないパントリーの棚には、大きな紅茶の缶がいくつも並んでいる。ダージリン、ニルギリ、ウバ……。中には、達也自身がスイーツに合わせてブレンドした、オリジナルの茶葉もあった。涼音たちラウンジスタッフが常に紅茶を淹れているパントリーには、うっすらと茶葉のアロマが漂っている。

「で、なんだよ」

真っ白なパティシエコートに身を包んだ達也が、涼音の前で腕を組んだ。

「この間のこと、恩に着せるつもり？」

「違います」

涼音はきっぱりと首を横に振る。

言い方には多少の問題を感じるが、達也が言っていることは調理班としての正直な意見だ。裏で陰口をたたかれるよりは、ずっといい。

だから、涼音も持って回った言い方はせずに、率直に自分の考えをぶつけることにした。

今日確認したいことは、メニューに関することではない。

「飛鳥井さん、識字障害《ディスレクシア》ですよね」

単刀直入に告げると、達也の顔からすっと血の気が引いた。

やはり、そうか。

その反応に、涼音は確信を深める。

以前のチーフパティシエはやたらと長い報告書を書かせたがったが、達也はそれを求めない。

調理学校を卒業したばかりの若いパティシエたちは、確かにそう言っていた。

〝こんな分厚い企画書、読んでも全然頭に入ってこないよ〟

達也のあの言葉は、恐らく文字通りの意味だったのだ。

「そういうの、隠さないほうがいいですよ」

涼音は上背のある達也を見上げる。

「って言うか、隠す必要なんて、まったくないと思います」

バンケット棟の宴会担当だった時期、兄が置いていった学習障害を持つ子供向けの教材に、幾度か助けられた。こうした教材には、学習障害の子供を持つ親のために、専門家の実践的なアドバイスをまとめた副読本が必ずついていて、それが接客の際にも大いに参考になったのだ。

泣きわめいている注意欠陥多動性障害《ADHD》らしき子供にきらきらシールを渡して泣きやませた途端、今度はその子の母親に縋《すが》りつかれて泣き出されたこともある。

唯々うるさがる周囲からの視線に、どんなにか追い詰められていたのだろう。

兄は、子供が小さいうちから診断名がつくのが良いことなのか悪いことなのか分からないと言っていたが、それによって対処法を検討できるなら、本人や周囲の負担が少しは軽くなることだってあるはずだ。

傍《はた》からは分かりづらいディスレクシアなど、その最たる例ではないだろうか。

昨夜、涼音は保護者向けの副読本のディスレクシアの章をじっくりと読んでみた。

そしてその中に、日本語の読み書きには大きな不自由がなくても、英語のスペルをまったく認識できない症例があることを知った。リスニングやスピーキングはできるのに、ローマ字の綴りを単語として認識できないケースがあるのだ。

こうした子供たちが英語を学ぶとき、単語をパソコンの画面上に登録して、音読機能を使いながら学習するという例が紹介されていた。

そのページを読んだ瞬間、達也が隠そうとしていたノートパソコンの画面が涼音の脳裏に浮かんだ。

達也は慌ててパソコンを閉じたが、後で開いてみると、そこには「保存しますか」とメンションが表示された画面がそのまま残っていた。そしてその画面には、達也が予測変換に頼りながら打ち込んだと思われる単語が、ぽろぽろと並んでいた。

英語に関するディスレクシアの実態が認識され始めたのは、英語が小学生の主要教科として位置づけられることが決まった、つい最近のことらしい。

三十代の達也は、中学、高校と、相当な苦労をしてきたに違いない。

海外留学なんて、確かに望めなかっただろう。

「……だから、なんなんだよ」

パントリーに、押し殺したような声が響いた。

「君まで、俺が〝普通〟じゃないって言うつもりか」

「え……?」

達也が射るような眼差しをしていることに、涼音は臆しそうになる。

「で、でも、私たち、同じチームなんですし、ちゃんと話していただければ、もっと色々なことがスムーズに……」

「なにがだよ!」

突然、達也が大声をあげた。

「俺がディスレクシアだったとして、チームになにか迷惑をかけたことがあったか! 一度でも、満足のいかないジュレやムースやガトーを作ったことがあったかよ!」

「そ、そうじゃないけど……」

あまりの剣幕に、涼音は怯《ひる》む。

「だったら、余計なお世話じゃないか」

呟くようにそう言うと、達也ががっくりと肩を落とした。

その様子に、涼音は自分が失敗したことを悟る。

「ご、ごめんなさい」

慌てて謝ったが、達也はもう自分のほうを見ようとしなかった。

ああ、また、失敗してしまった――。

途端に涼音は自己嫌悪に襲われる。

熱意のあまり、たまに相手の懐に入りすぎてしまう嫌いがあることを、涼音は自覚していた。

昨夜の京子とは打ち解けることができたが、今回は、眼の前でシャッターを下ろされてしまったようだ。

それでも、自分たちは同じラウンジで働く仲間ではないか。

バックヤードで脂汗を流していた達也のことを考えると、やっぱりこのままではいけない気がする。

「でも、飛鳥井さん」

「もう、いいよ」

どうしてそんなに気にするのだろう。

余計なお世話だと言われても、そこまで気にされることのほうが、むしろ不自然に感じられてしまう。

「どうしたんですかぁ」

そこへ小首を傾げた瑠璃が現れた。

涼音も達也も、互いに言葉を呑み込む。

「なに、いちゃついてるんですかぁ」

「いちゃついてないっ！」

期せずして、声がぴったりと重なった。

「とにかく」

達也が小声で囁く。

「よけいな気遣いは必要ない。仕事に支障はないから」

氷のような一瞥《いちべつ》をくれると、達也は速足で厨房へ向かっていった。

あ……。

涼音は、その後ろ姿を見送ることしかできない。
またしても、遠ざかる。
私の最高のアフタヌーンティー。
紅茶の芳香が立ち込めるパントリーに、涼音は悄然《しょうぜん》と立ち尽くした。

第二話

俺のアフタヌーンティー

アントルメ《ケーキ類》を作る厨房《ちゅうぼう》は、常に十五度以下に保たれている。

ひんやりとした空気の中、十名ほどのスタッフが黙々と各自の仕事に取り組んでいた。

パティシエコートに身を包んだ飛鳥井達也《あすかいたつや》は、ゆっくりと厨房内を一巡《ひとめぐ》りし、それぞれの工程に、遅れや問題が出ていないことを確認した。

達也が桜山《おうざん》ホテルに入ってから、既に五年の月日が経《た》とうとしている。改めて考えると、結構な年月だ。

入社二年で、アフタヌーンティーチーム・スイーツ担当のチーフ、シェフ・パティシエへの道が開かれた。順調と言えば、順調と言えるかもしれない。

製菓の専門学校を卒業後、達也が初めて就職したのは、町場の小さな製菓店《パティスリー》だった。そこでは、オーナーシェフに怒鳴られながら、弟子たちがすべての下準備を担当したが、中規模以上の店やホテルの厨房では、大抵、分業制がとられている。桜山ホテルも例外ではない。

スポンジやパイなどの生地《きじ》作りを担当する、トゥリエ。

トゥリエが仕込んだ生地を焼き上げる、オーブン担当のフルニエ。

フルニエが焼き上げた土台に、クリームやフルーツなどでデコレーションを施《ほどこ》し、仕上げを担当するアントルメンティエ。

キャラメル、ヌガー、コンフィチュールなどの砂糖が主原料となる菓子を担当する、コンフィズール。

アイスクリームやソルベ等の氷菓子を担当する、グラシエ。《グラス》

桜山ホテルの分業はここまでだが、中にはチョコレート菓子を担当するショコラティエや、デニッシュやブリオッシュ等のパン作りを担当するヴィエノワズリーなどの、本格的な専門職を置いている店やホテルもある。

聞きなれない名称は、すべてフランス語だ。

パティシエは、作業のほとんどの工程でフランス語を使う。

たとえば、「切る」なら「アシェ」、「裏ごし」は「パッセ」、生地にシロップや洋酒をしみこませるのは「アンビバージュ」または「アンビベ」――。

こうしたことは専門学校でも一通り教わるが、実際に厨房で繰り返し聞いているうちに、あっという間に耳と身体《からだ》が覚えていく。ここで必要とされるのは、語学力ではない。

日本語や、ときには英語も交え、分離はセパレートから「セパる」、アンビバージュも「アンビベする」等、和製英語や和製仏語が罷《まか》り通《とお》る。ちなみに、スポンジ生地のことは、ジェノワーズを略して「ジェノワ」と呼ぶ。

そうかと思えば、日本語の伝統的な呼称も残っていて、カスタードクリームやシロップは、作るや仕込むではなく「炊《た》く」、生地に液体をしみこませる「アンビベ」も、もう一つの言い方では「打つ」とするのが一般的だ。

要するに、厨房で使用されているのは外国語ではなく、昔ながらの菓子職人の専門用語ということになる。

町場のパティスリーでは、下働きの最中に、シェフや先輩の手技を盗み見しつつ、一通りケーキの作り方を覚えていく。昔は一つの店では一つのパートしか担当できず、すべての工程を経験するためには、店を転々と移りながら修業しなければならなかったと聞いた。

　現在、分業制がとられた職場では、大抵、何年かごとにローテーションが組まれ、すべてのスタッフが全工程を経験できるようになっている。

　ところが、桜山ホテルにきて、若いスタッフの中にはそれを望まないものがいることを、達也は初めて知った。

　アフタヌーンティーチームのラウンジスタッフがほとんどサポーター社員と呼ばれる契約社員なのに比べ、調理スタッフの多くは桜山ホテルの社員だ。財閥《ざいばつ》系の観光会社を母体に持つ桜山ホテルは、給与体系も福利厚生も比較的しっかりとしている。町場のパティスリーで早朝から深夜までこき使われていた達也からすれば信じられない話だが、勤務時間も一日八時間と決められていて、超過の場合は残業手当もつく。個人経営の店で働いたことのない若いスタッフは、それを当たり前だと思っている節がある。

　まあ、俺が最初に入った店がブラックすぎたのかもしれないけれど……。

　達也は薄く苦笑する。

　もっとも、個人オーナーのパティスリーの環境は、どこも似たり寄ったりだ。別段それを不当に感じることもなかった。

　達也が専門学校を出たばかりの頃は、とにかく新しい技術を覚えたくて、ただでさえ忙しいのに、寝る間も惜しんでオーナーや先輩たちの試作を手伝った。いち早くケーキ作りのすべての工程を習得し、シェフとして独り立ちしたかったからだ。

　だが、ライフワークバランスを重視する二十代のスタッフの中には、慣れない工程で残業や苦労を強いられるくらいなら、毎日八時間、ひたすらに生地をこねることを選ぶものもいるようだった。菓子職人としての意識より、ホテル勤務の会社員としての意識のほうが強いのだろう。

それが良いことなのか悪いことなのかは、達也には分からない。

生地をこねる単純作業も製菓の大事な工程であり、重労働であることに変わりはないし、そもそも若いスタッフたちの勤務態度はまじめで、その点に関しては、文句のつけどころがない。

少なくとも、以前自分がいた外資系ホテルの厨房の雰囲気に比べれば、ここは格段にやりやすい。

思い出したくない記憶が甦《よみがえ》りそうになり、達也は胸の奥が冷たくなるのを感じた。

やめよう。今更、そんなこと。

達也は小さく首を横に振る。

桜山ホテルに転職したのは、半ば偶然のようなものだったが、自分は現在の環境に満足している。ホテル勤務しか知らない若いスタッフたちからは時折肩透《かたす》かしを食らうこともあるけれど、サブ・チーフであるスー・シェフはしっかり者だし、なにより、ホテルアフタヌーンティーの老舗《しにせ》でもある桜山ホテルには、スコーンや焼き菓子の伝統的な配合《ルセット》に、学ぶ点が多くあった。

「シェフ」

スー・シェフの山崎朝子《やまさきあさこ》が、見本用に盛りつけたスイーツの皿を持ってくる。

「チェックをお願いします」

皿を差し出す朝子は、達也が転職してきた当初からアフタヌーンティーを担当している三十代の女性パティシエ《パティシエール》だ。

一見女性的に思われる製菓の仕事は、実際には一日中立ちっぱなしで生地をこねたり、オーブンから重たい鉄板を取り出したり、何キロもの小麦粉や砂糖の袋を担いだりする、相当の体力が必要となる重労働だ。そのため、一昔前はほとんどの菓子職人が男性だった。

しかし最近では、朝子のようなパティシエールの台頭が目覚ましい。単純作業をよしとするのは男性スタッフばかりで、女性スタッフは全ての工程に積極的で貪欲《どんよく》だ。達也が率いるアフタヌーンティーチームのスタッフの半分も、三十前後の女性だった。

彼女たち曰《いわ》く、製菓の仕事は重いものを持ったりする重労働以上に、常に低温に保たれている厨房の〝冷え〟がつらいらしい。朝子も、下半身に二重にエプロンを巻きつけていた。

達也は差し出された皿を受け取った。

ゴールデンウイーク明けの今日から、名物の桜アフタヌーンティーに代わり、新緑をイメージしたグリーンアフタヌーンティーが始まる。

柑橘《かんきつ》系の爽《さわ》やかな香りを持つハーブ、ヴェルヴェーヌと檸檬《シトロン》のジュレ。

フレッシュな杏子《あんず》と、抹茶《まっちゃ》クリームのガトー。

ライムとスピルリナのグリーンマカロン……。

初夏の旬の素材をふんだんに使った、見た目にも爽やかなプティ・フールが美しく並んでいる。

今回、達也が特に力を入れた特製菓子《スペシャリテ》は、信州《しんしゅう》産のルバーブを使ったクレームブリュレのタルトレットだ。ルバーブは蕗《ふき》と同じく葉柄《ようへい》を食用とする野菜だが、さっぱりとした果実のような酸味を持ち、ヨーロッパではコンポートやジャムなどの菓子作りに広く使われる。輸入物の冷凍品が通年出回っているけれど、どっしりと太く、鮮やかな紅を帯びた酸味の強い新鮮なルバーブが国内の市場に出るのは、初夏のこの時期だけだ。

達也はスプーンを手に取り、狐《きつね》色にカラメリゼされたカスタードクリームの表面をつつく。

クレーム・パティシエール《クレーム・パティシエール》――フランス語で、菓子職人のクリーム。

カスタードクリームは、その名が示すように、パティシエにとって欠かせないものだ。シュー・ア・ラ・クレーム、エクレール、シブースト、クレームブリュレ……。カスタードクリームの美味《おい》しさがすべてを決める菓子は多い。

パリッと割れたカラメルの下から、バニラビーンズの粒が散ったリッチなクリームがとろりと溶け出す。さらにその奥から、ルビーのようなルバーブのコンポートが顔を出した。

ルバーブが綺麗《きれい》な色を保っていることが、このタルトレットの要だ。卵色のクリームと、ルバーブの紅のコントラストが美しい。

その点で、まずは合格だ。

一さじ含めば、シャリッとしたカラメルの苦みが緩《ゆる》やかにほどけるのと同時に、瑞々《みずみず》しい酸味の利いた爽快《そうかい》な甘みが口中一杯に広がる。バニラの香りも充分に立っていて、切れのいい後味も申し分なかった。

「うん、問題ない」

達也が頷《うなず》くと、朝子がホッとした表情を浮かべる。

「この調子で、本日もよろしく」

短く告げて、達也は朝子に背を向けた。

「はい」

背後で朝子が答え、持ち場に戻っていく気配がする。

本当なら、もう一言、二言、言葉を加えたほうがよいのかもしれないが――。

シェフになって三年が経つ今でも、達也はスタッフたちと一定の距離を置いていた。一昔前のオーナーシェフのようにスタッフを怒鳴りつけたりもしないかわりに、今どきの若手シェフにありがちな厨房スタッフへの仲間意識も持っていない。

仕事は仕事。淡々と流れればそれでいい。

もう、誰かを信じることも、疑うことも、したくない。

〝私たち、同じチームなんですし、ちゃんと話していただければ、もっと色々なことがスムーズに……〟

ふと、先日の遠山涼音《とおやますずね》の声が耳の奥に響いた。

涼音は、現在産休に入っているベテランラウンジスタッフ、園田香織《そのだかおり》の後任として今年からアフタヌーンティーチームに配属されたサービス課のスタッフだ。

元々バンケット棟で宴会を担当していた涼音は、アフタヌーンティーに特別な思い入れがあるらしく、妙に張り切っては様々な新プランを提案しようとする。

仕事は熱心だし、悪い人間ではないと思う。

努力さえすればすべてはかなう――。

しかし、本気でそう信じているような涼音の健全すぎる真剣さが、達也は当初からうっとうしかった。

なにも知らないくせに。

どれだけ努力したって、どうにもならないことはある。

〝やっぱり、留学とか海外修業とかされてたんですか〟

邪気《じゃき》のない表情でそう聞かれたときも相当腹が立ったが、それ以上に――。

〝飛鳥井さん、識字障害《ディスレクシア》ですよね〟

正面からぶつけられた言葉が甦り、達也は口元を引き締める。

自身ですら長年見当がつかなかった症例を、それほど親しくない人間から、あんなにあっさりと指摘されたのは初めてだ。

達也の場合、日本語の読み書きには大きな支障はない。だから、自分をはじめ、両親も学校時代の教師も、誰も根本的な問題に気づくことはなかった。

〝隠す必要なんて、まったくないと思います〟

なんでもないことのように続けられ、最初は呆気《あっけ》にとられた。

それから段々、黒雲のような苛立《いらだ》ちが湧いてきた。

たかだか数か月、同じチームで働いているだけの人間に、一体なにが分かるというのか。

遠山涼音は、社内の厳しい接客コンテストで優勝している。それだけに、対人における様々な知識があるのかもしれない。だからと言って、こちらの心の中に土足で踏み込むような真似《まね》は許さない。

だけど――。

〝大丈夫です。お話ししてください〟

澄んだ大きな瞳《ひとみ》でこちらをまっすぐに見つめ、落ち着いた口調で語りかけてきた涼音の様子を思い起こすと、また違った複雑な感情に囚《とら》われる。

きっかけは、テレビの収録直前に、一緒に番組に出るクレア・ボイルからの直筆メッセージを広報課から渡されたことだった。普通に考えれば、簡単に読めるメッセージだ。だが、自分には……。

収録時間が迫り、半ばパニックを起こしかけていたときに、涼音がバックヤードに入ってきた。明らかに異常な言動をしていた自分に、涼音は驚くこともなく、冷静に対処してくれた。

あのとき、バックヤードに入ってきたのが涼音でなければ、どうやって事態を切り抜けていただろう。

いや。

たとえメッセージを読むことができなくても、多少収録がぎくしゃくするくらいで、たいした支障は出なかったに違いない。

だから、別段恩義に思う必要などないのだ。

込み上げてくる余計な感情を振り払うように、達也は一つ息をついた。

ガスバーナーを手に取り、自らスペシャリテの仕上げに加わる。達也の参加に、仕上げを担当するアントルメンティエのスタッフたちの間に、ピリッと緊張が走った。

クリームの表面に中南米産のブラウンシュガー、デメララ糖をまんべんなくふりかけ、ガスバーナーを均等に動かして、表面を綺麗にカラメリゼしていく。カラメリゼは、表面のパリッとした食感を失わないよう、ゲストに提供する直前に行うのが肝心だ。

達也たちが作る酸味のあるスイーツに合わせるのは、シニアスタッフの須藤秀夫《すどうひでお》が指揮を執るイワシやサーモンを使った北欧風のセイボリー。

達也は少し視線を上げて、食事系を調理している向こうの厨房の様子を窺《うかが》った。

ディルやバジル等たっぷりのハーブにニンニクを効かせたサルサヴェルデと呼ばれるソースを用いたイワシのカナッペや、サーモンとそら豆のキッシュは食べ応えもあって美味しそうだ。この時期北欧では鉄板のザリガニのカクテルは、日本人向けにむきエビに変更したと言っていたが。

むきエビのカクテルを、秀夫は普通のパンではなく、ブリオッシュに詰めていた。

甘いお菓子にも使うブリオッシュを用いているところが、独特で面白い。

アフタヌーンティーチームのシェフ・パティシエに抜擢《ばってき》されたとき、コンビを組むセイボリー担当のシェフが一度定年退職したシニアスタッフだったことに、達也は当初戸惑った。秀夫は達也の父親よりも年長だ。外資系ホテルはともかく、達也が長く身を置いていた町場のパティスリーには根深い縦社会の雰囲気があった。

だが、コンビを組んでからずっと、秀夫は達也の意見を尊重してくれている。

アフタヌーンティーの主役は、やはりスイーツだからと、割り切っているからかもしれない。

互いに余計なことは話さないけれど、達也にとって、秀夫は決してやりにくい相手ではなかった。

それぞれの厨房で作られたスイーツとセイボリーは、配膳室《パントリー》でシルバーの三段スタンドに配される。本場のイギリスでは、焼き立てのスコーンは別皿でサービスするため、二段スタンドが使われることも多いようだが、日本では三段スタンドこそがアフタヌーンティーのシンボルとなっている。

実際、銀色に輝く三段のスタンドは、アフタヌーンティーが最も華やかになる演出だ。

見た目の豪華さもまた、ホテルアフタヌーンティーならではのサービスと言える。達也もそこは、桜山ホテル伝統のスタイルに従っていた。

何気なくパントリーを見やれば、ティーポットを温めている涼音の姿が視界に入る。涼音は今日もしっかりとポットを温め、丁寧《ていねい》に紅茶を淹《い》れていた。

あれ以来、涼音とは仕事以外では言葉を交わしていない。

なにかを話したそうな視線を感じることはあっても、達也が徹底的に避けていた。

なにが、チームだ——。

仕事は明快であれば充分だ。

同調圧力のようなものは好きじゃない。

涼音の姿から眼をそらせ、達也は手元のバーナーに意識を集中させた。


地下鉄を降りて地上に上がると、五月の眩《まぶ》しい陽光が降り注ぐ。

達也は軽く目を眇《すが》め、並木道を歩き始めた。

久々の休日はよい天気に恵まれた。

桜山ホテルでは、シェフ・パティシエでも、ひと月に八日の休みを取ることができる。町場のパティスリーに比べると、やはり恵まれた環境だと達也は思う。

とは言え、ゲストの多い連休や土日にチーフであるシェフ・パティシエが休むことはありえない。休みは概《おおむ》ね、会議のないときの週明けや、比較的予約の少ない週半ばに限られている。

もっとも、休日はできるだけ一人で過ごしたい達也にとって、町中《まちなか》が余り混雑しない平日の休みは、願ってもないものだった。

この日、達也は調理本や食に関する専門書を集めたセレクトブックショップにやってきた。

店内には、専門的な輸入書をはじめ、国内外の様々な食に関する本や雑誌が陳列《ちんれつ》されている。本格的な和食から電子レンジを用いた簡単料理、美食からダイエット食までと、その範囲は多岐《たき》にわたるが、棚を眺めていると、なんとなく昨今の食に対する関心や、意識の傾向が見えてきたりする。

以前、達也の専門学校の恩師が、このセレクトブックショップに併設されているキッチンスタジオで、レシピ本出版記念のワークショップを行ったことがあった。挨拶がてら顔を出して以来、休みの日に、達也はちょくちょくここへきて、棚を眺めるようになった。

カフェに隣接したお洒落《しゃれ》な店内で、百花繚乱《ひゃっかりょうらん》と並べられた料理本の表紙を見るうちに、達也は今更のように、自分がずいぶん遠くまできた気分に襲われた。

十代の自分が、三十を過ぎた今の自分を見たら、一体、なんと言うだろう。

そこそこよくやっていると満足するだろうか。

それとも、まだこの程度なのかとがっかりするだろうか。

達也が菓子職人の道に足を踏み入れることになったのは、高校時代に父がリストラされたことがきっかけだった。

達也は茨城《いばらき》の小さな田舎町《いなかまち》の出身だ。町内には大きな川が流れていて、お盆の時期には水害の被害に遭った霊を慰めるために灯籠《とうろう》を流す習慣があった。いつしかそれが観光行事にもなり、同時期に花火大会が催され、多くの観光客を集めるようになった。

町の産業は、農業と観光業が中心で、地元のほとんどの友人たちは実家の観光農園を継いでいる。

達也の父は工務店で事務職をしていたが、会社が大手に吸収合併された際に、あっさりとリストラされた。現在父は、繁忙期《はんぼうき》だけ、かつての同級生が経営する観光農園を手伝っている。

父の姿を間近に見ていた達也は、この頃から手に職をつけたいと思うようになった。大学への進学は端《はな》から考えていなかった。

経済的な問題もあったし、もう一つの問題もあった。

小学生の頃から、達也は本を読むのが苦手だった。先生の話す授業の内容はよく分かる。文章も短文であれば、問題ない。算数の文章問題などはむしろ得意だ。ところが、長文になると、途端に文章の意味が頭に入ってこなくなる。どこが単語の区切りになるのかが分からない。特に、長い文章がずらずらと並ぶ物語を読み通すことが、どうしてもできなかった。

読書感想文の宿題は、映像化されているものを選び、それを見ながら無理やり原稿用紙の枡目《ますめ》を埋めた。聞こえてくる台詞《せりふ》をそのまま必死に書き写し、「これは感想文ではない」と担任からこっぴどく怒られたこともある。なまじ算数や理科の成績が良かっただけに、国語の読み書きをさぼっていると思われたのだ。

今でも長い文章を読んだり書いたりするのは得意ではないが、母語である日本語に関しては、成長と共にある程度までは改善することができた。

ところが中学に入り、英語を眼にした瞬間、達也は大いに戸惑った。ローマ字の一文字一文字や短い単語なら、かろうじて認識できる。発音や会話も、耳で聞く分には問題ない。けれど、教科書に印字されている長い綴り《スペル》がどう見ても理解できない。どこをどう読んでいいのかがさっぱり分からない。

果たしてこれが言葉なのか。まるで奇妙な虫が並んでいるのを眺めているような気分だった。

結果、成績は散々だった。

それでも、当時は〝英語が苦手〟くらいにしか思っていなかった。

残念ながら、自分は勉強に向いていないらしい。ならば進学はあきらめ、早いうちから手に職をつけたほうがよいのではないか。周囲の友人たちのように、「継ぐべきもの」を持っていない達也は、そう割り切るようになった。

元来、手先は器用なほうだし、「読み書き」以外のことであれば、総じて呑《の》み込みも早い。

父は一人息子の成績不振を不満に思っていたようだが、母は「手に職をつけたい」と言う達也に賛成してくれた。

〝調理人なんて、いいんじゃないの〟

母の何気ない一言を手掛かりに、まずは古本屋で大判の料理本を買ってみた。家庭用のフランス料理の本だったと記憶している。

料理などそれまでほとんどしたこともなかったが、とりあえず手に入りやすい食材のメニューを見つけ、本の通りに作ってみた。

本には写真がたくさん載《の》っていて、レシピも短文で分かりやすい。なにより、材料が何グラム、オーブンの温度は何度、焼く時間は何分と、全ての工程がきちんと定められているのが、几帳《きちょう》面《めん》で明快なものを好む達也の嗜好《しこう》に合致した。

科学の実験でもするようなつもりで、達也は正確に料理を作り上げた。

やってみると調理はなかなか面白かった。

しかも、完成した料理が、両親や祖父母に大好評だったのだ。

気をよくした達也は、本に載っている料理を一つ一つ作っていった。特に興味をひかれたのが、デザートの焼き菓子だ。基本は粉と砂糖と卵とバターなのに、配合と調理の仕方によって、しっとりとしたスポンジ生地になったり、サクサクとしたタルト生地になったり、ふわふわのシュー生地になったりする。面白くてたまらなかった。

折しも、数年前からパティシエという言葉が流行《はや》り始め、製菓の道に進めば、食いっぱぐれることがないのではと単純な思いが頭をよぎった。

早速達也は製菓学校の資料を集めたが、東京の有名な製菓学校は入学金も受講料も驚くほど高かった。しかし根気よく調べたところ、入学金や学費も安く、設備もよさそうな理想的な学校が見つかった。

女子大付属の栄養専門学校の製菓科だ。受験方法が筆記試験ではなく、面接のみというのもありがたい。

但し、女子大付属ということもあり、入学してみると、男子学生は全体の一割にも満たなかった。加えて、本命の女子大に入れずに仕方なく専門学校にやってきたような女子と、その女子が目当てのような男子が多く、正直、生徒のレベルは高いとはいえなかった。

田舎町から出てきて、父の退職金を切り崩しながら学費を賄《まかな》ってもらっていることを自覚している達也は、遊び半分の彼ら彼女らを後目《しりめ》に、必死になって製菓を学んだ。ほかの生徒たちがそれほど熱心でなかったおかげで、オーブンやミキサーやフードプロセッサー等の設備を、独占状態で使うこともできた。

専門用語はフランス語だったが、スペルを覚える必要はなく、塗る《ナッペ》、敷く《シュミゼ》、と、動作と一緒に単語を一つ一つ頭に入れた。

作れば作るほど腕が上がり、腕が上がれば上がるほど、製菓が面白くなっていった。

それに……。

達也は本棚の中から一冊の本を取り出す。

良き師にも巡り合えた。

『みんなが食べられる優しいお菓子』――。アトピーの子供や、糖質制限のある高齢者向けのレシピ本を何冊も自費出版し、この場所でワークショップを行ったこともある高橋直治《たかはしなおはる》は、専門学校時代に達也に眼をかけてくれた恩師だ。

最新刊のページをぱらぱらとめくり、相変わらず先生らしい本だと達也は思う。

重度の小麦アレルギーを持つ息子がいる直治は、小麦や乳製品を使わない、身体への負担が少ないお菓子のレシピをいくつも考案していた。

直治が決して高名なシェフでないことを、今の達也は知っている。けれど、直治はこれまで達也に少なからぬ影響を与えていた。

良くも悪くも――。

そう思った瞬間、チリッと胸が痛む。

達也は直治の新刊を購入し、隣接のカフェに移動した。

平日のカフェは空《す》いていて、大きな硝子《ガラス》窓から初夏めいた日差しがさんさんと差し込んでいる。達也はあまり日の当たらない場所に席を取り、ホットコーヒーを注文した。

カフェ店内にも、たくさんの料理本を収めた棚がある。

直治の本を前に、もう何年も会っていない恩師のことを、達也はぼんやりと思い返した。同時に、これまでの日々が走馬灯《そうまとう》のように脳裏をよぎる。

専門学校を卒業してすぐに入った、町場のパティスリー。洗い場の仕事に始まり、朝から晩までオーナーシェフや先輩に怒鳴られながら仕込みをする毎日に追われた。

バレンタインデー、ホワイトデー、クリスマス等の繁忙期は、連日終電が当たり前。特にクリスマス前や年末は、最寄り駅のカプセルホテルに詰め込まれて眠るのが常だった。

それでも確実に現場の技術が身についたので、不満はなかった。パティスリーでの厳しく忙しい日々の中で、達也は「手に職をつける」という、一番初めの目的を果たすことができた。

転機がやってきたのは、社会に出てから三年後の二〇一一年の春だ。

東北に甚大な被害を及ぼした東日本大震災から一か月後。店頭に出すケーキ類《アントルメ》を一通り作れるようになった達也のもとに、かつての師である直治から連絡が入った。

避難所での生活を強いられている人たちに、焼き菓子やケーキを届けるボランティアに参加してもらえないかという打診だった。東京は自粛《じしゅく》ムードで店はそれほど忙しくなかったし、三年間の修業を経て、そろそろ次の店へ移ろうかと考え始めていた矢先の狭間《はざま》のような時期だったので、達也は直治の申し出を受けることにした。

そして、直治と共に、まだ津波の傷跡も生々しい東北の避難所を巡った。

クッキーやサブレ等、日持ちのする焼き菓子を配布したほか、達也たちは火を使わないクリーム系のケーキの仕出しを行った。

そのとき自分に向けられた笑顔の数々を、達也は今でも忘れることができない。

ずっと生のケーキが食べたかった！　こんなに美味しいケーキは初めてだ！

あちこちから大きな歓声があがった。

小さな子供からお年寄りまで、クリームを頰張《ほおば》るなり、誰もが満面の笑みを浮かべ、心から喜んでくれた。

あのとき達也は、菓子作りを一生の仕事にしようと、本気で心に決めたのだ。

東京に戻ってから、達也は菓子作りの本場のフランスへの留学を視野に入れ、苦手だった外国語と改めて真剣に向き合おうとした。

しかし、フランス語でも英語でも、ローマ字の綴《つづ》りは、相変わらず達也の眼には「虫」にしか映らなかった。

リスニングやスピーキングはできるのに、どんなに頑張《がんば》っても綴りが読めない。もちろん、書くこともできない。

徐々に達也は、自分の状態が「苦手」などという範疇《はんちゅう》では片づけられないことに気づき始めた。

もしかしたら、飛鳥井君は、ＤＸなんじゃないのかな――。

どうにもならない苦悩を打ち明けたとき、直治からそう告げられた。

ＤＸ？

聞いたこともない言葉だった。

このとき達也は、ＤＸ――識字障害《ディスレクシア》という概念があることを初めて知った。

ＮＰＯ法人でボランティアをすることの多い直治は、そういう症例を聞いたことがあると話してくれた。アメリカのマサチューセッツ州や、ハワイのホノルルには、成人向けの夜間クラスを含めたディスレクシアの生徒専門の私立校もあるのだと。

アメリカでは一〇から二〇パーセントの子供に、ＤＸが見られるという報告まであるらしい。

直治のアドバイスに従い、達也は両親にも内緒で、生まれて初めて大学病院で知能検査を受けてみた。その結果、日本語の読み書きには大きな支障はないものの、ローマ字に関して極度の読字困難が見られることが判明した。

苦手だったのではない。それは先天的な脳の働きの問題らしかった。

努力したところで、克服《こくふく》できる類のものではなかったのだ。

留学など、到底望めるはずがない。

〝留学や海外修業の経験がなくても、素晴らしいシェフやパティシエは大勢いる。今や製菓の技術は日本のほうが上と言っても過言ではないんだし……〟

愕然《がくぜん》とする達也を、直治はそう言って励ました。

そして、差し支えなければ自分の知り合いがいる外資系ホテルで働いてみてはと提案してきた。

〝今日本に進出している外資のホテルは設備も素晴らしいし、大きなコンクールに出場できる環境も整っている。留学しなくても、様々な国のスタッフと仕事ができる。世界が大きく広がるはずだよ〟

その外資系ホテルが、世界的にも有名な五つ星ホテルだったことに達也は驚いた。

あのとき、どうして不審に思わなかったのだろう。

それほど有名なシェフでない直治に、なぜそんな伝《つて》があったのか。

だが、本当に面接日まで指定されて、達也は完全に舞い上がった。面接の際、履歴書と一緒に大学病院の診断書を持っていくようにと言われたことにも、なんら引っ掛かりを覚えなかった。

すんなりと採用が決まったときは、直治も一緒に喜んでくれた。

〝よかった！　このホテルはね、最近ダイバーシティーの採用枠に、とりわけ力を入れているんだよ〟

直治に他意があったとは、今でもまったく思っていない。

多様性《ダイバーシティー》の採用枠。

その言葉の意味を、達也自身がもっと深く考えるべきだったのだ。

だが、当時の達也はすべてを自分の才能の故《ゆえ》だと思い込んだ。

あの頃の自分は、世間を知らないくせに、根拠のない自信だけは山のように持っていた二十代半ばの若造にすぎなかった。

達也の口元に、苦い笑みがのぼる。

実際、二十代で飛び込んだ外資系ホテルの厨房は刺激的だった。シェフ・パティシエは、世界的な製菓技術者コンクールに何度も入賞している三十代の若き中国系イギリス人。いかにも親方的な町場のパティスリーのオーナーシェフとは違い、スタイリッシュなスポーツマン風で、人気運動部の主将のような爽やかな雰囲気を持っていた。一緒に働くスタッフの中には、イギリスや香港《ホンコン》出身の人もいて、厨房では英語が飛び交うことも多かった。

スー・シェフを目指す同世代の日本人スタッフたちと共に、達也も競うように英会話の習得に精を出した。通勤時間も、休憩時間も、就寝前も、スマートフォンで英会話アプリを聞きっぱなし。イヤフォンを耳に入れたまま、よく朝まで眠ってしまったものだ。

スペルを読むことに比べれば、耳から英語を覚えることはそれほど難しくなかった。調理学校で、フランス語の専門用語を一つ一つ覚えていったように、達也は厨房で耳と身体を使いながら、英会話を身につけていった。

最初の一年は日本人スタッフ同士の仲も良く、推進力のあるシェフの下、まさに部活動のように情熱を込めて働いた。

周囲の様子がおかしくなり始めたのは、達也がシェフから腕を認められ、パリの製菓コンクールへの出場を目指す選抜メンバーに選ばれてからだ。

コンクールでの入賞順位で、次のスー・シェフが決まるという噂が囁《ささや》かれた。

一つ所に留まることを考えていない外国人スタッフたちの態度はあまり変わらなかったが、それまで和気藹々《わきあいあい》と仲良くやってきたはずの日本人の同僚たちの様子が微妙に変化した。

やがて達也は、一緒に選抜メンバーとなったアントルメンティエの同僚が、陰で自分を「ダイバーシティー枠採用」と吹聴《ふいちょう》していることに気づいてしまった。

「共に飴細工《ピエスモンテ》の国際コンクールに出よう」と、入社以来、励まし合ってきた相手だった。達也は自分がＤＸであることを打ち明けていたが、「製菓の腕には関係ない」と、ずっとわだかまりなく接してくれていた。

しかし、いざ、世界的に有名な五つ星ホテルの厨房のスー・シェフの地位がかかるとなると、状況は違うようだった。

「スー・シェフに〝グレーゾーン〟は困る」

「あいつの採用は会社の社会貢献《こうけん》アピールだから」

表面的には今までと同じように振る舞いながらも、背後でそんな言葉が囁かれるようになった。

〝グレーゾーン〟というのは、障害者手帳は出ていないが、病院からなんらかの診断を受けている人間を指す言葉だ。

あいつは、普通じゃない——。

いつしか、ほとんどの日本人スタッフが、自分を違う眼で見るようになった。

そうした雑音を振り払うようにして挑んだ結果、達也は日本人スタッフでただ一人予選を通過し、本当にパリの国際コンクールに出場することになった。

シェフ・パティシエと共に、初めてパリに赴くことになり、達也は興奮した。滞在はほんの数日間だが、できるだけ多くのパティスリーを回り、本場のフランス菓子を味わい、現地の厨房の雰囲気や技術を吸収しようとした。

ところが、そこでも達也がＤＸであることがついて回った。海外のメディアの記者たちは、達也にインタビューするときに、必ずそれを尋ねてくる。ホテルの広報課が作成している達也の英文プロフィールに、ＤＸであることが明記されていたからだ。

自分に詳しい説明がないままプロフィールが公開されていたことに、達也は激しい怒りを覚えた。それは、英文が読めない自分に対する、裏切り行為に思えたのだ。

広報の担当者とシェフ・パティシエを捕まえ、達也は猛烈に抗議した。しかし、シェフ・パティシエは落ち着き払った口調で達也に告げた。

ホテルの人事担当者も、現場の自分たちも、達也がＤＸであることを理解した上で採用している。そのため、職務中にも、達也が困らないように配慮してきた。コンクールでも、同様の配慮は成されるべきだ。プロフィールに障害を明記することに、一体なんの問題があるのかと。

理路整然とした説明に、達也はなにも言えなくなった。

確かに、達也は仕上《アントルメンティエ》げを担当しながら、英文のメッセージプレートを書くような仕事を回されたことは一度もなかった。

あれもまた〝配慮〟だったのだろう。

その事実が、胸の中に重く落ちた。

同僚が揶揄《やゆ》していたように、自分の採用が「社会貢献アピール」だけだったとは思わない。そもそもＤＸは、製菓の腕とは関係ない。そう考えながらも、〝配慮《コンスィダー》〟と言う言葉が、耳を離れなかった。

翌日もプレスルームでＤＸについての質問をされ、達也はついにいたたまれなくなって、コンクール会場を飛び出した。一人でホテルに帰ろうとしたのだが、パリには日本のように、流しで走っているタクシーがないらしく、どれだけ手を挙げても一台も停まってくれない。見かねた現地の人が、「タクシー乗り場にいけ」と、英語表記もある看板を指さしてくれたが、達也にはその看板の文字がまったく読めなかった。

熱くなった頭の中で、看板に書かれたローマ字が、うねうねと動いて見えた。

そのとき達也は、広報課のスタッフやシェフ・パティシエがいなければ、自分はこの街でタクシーにも乗れないのだと思い知らされた。

結局、パリの国際コンクールで上位入賞を果たしたにもかかわらず、達也はその直後に衝動的に外資系ホテルを辞めてしまった。

このままでは、たとえスー・シェフになっても、シェフ・パティシエになっても、一生自分がDXであることにつきまとわれると思ったからだ。

〝配慮〟されながら、シェフになるのはごめんだった。

以来、恩師である直治とも連絡は取っていない。

恐らく直治は、シェフとしてではなく、NPO法人のボランティアとして、外資系ホテルの人事担当者とつながりを持っていたのだろう。そのことを悪いとは思わないし、外資系ホテルでの経験は貴重なものだったと今でも感じている。

特に、国際コンクールに参加させてもらえたことは大きな財産だ。

後に桜山ホテルに転職する際にも、国際コンクールで上位入賞したという実績は大きな武器となった。だから、直治にも、自分を選抜メンバーにしてくれた中国系イギリス人のシェフ・パティシエにも感謝はしている。

しかし、達也は桜山ホテルに移る際、自分がDXの診断を受けていることをオープンにしなかった。

幸い、年俸制の外資系ホテルと違い、桜山ホテルの経営陣も人事部のスタッフたちも比較的鷹《おう》揚《よう》で、達也のキャリアに余計な詮索《せんさく》はしなかった。

そして、現在。

自分の父親より年長のシニアスタッフ、セイボリー担当の須藤秀夫とコンビを組み、達也は桜山ホテルのアフタヌーンティーチームのシェフ・パティシエとなっている。

日本で初めてアフタヌーンティーを提供したと言われる伝統のレシピを守り、ラウンジスタッフたちの意見を参考に、独自のスペシャリテも製作する。

仕事は明快で、忙しくも淡々と流れていく。

今の環境に不満はないし、自分に不備があるとも思わない。

〝俺がディスレクシアだったとして、チームになにか迷惑をかけたことがあったか！　一度でも、満足のいかないジュレやムースやガトーを作ったことがあったかよ！〟

ラウンジスタッフの涼音に言い返した自分の声が甦り、達也は目蓋《まぶた》を閉じた。

〝だったら、余計なお世話じゃないか〟

もしかしたら、あの言葉を本当にぶつけたかった相手は、彼女ではなかったのかもしれない。

達也は眼をあけて、コーヒーを飲み干した。

会計を済ませて店を出る前に、もう一度ぎっしりと料理本が詰めこまれた本棚を何気なく眺めてみる。

ふと、一冊の分厚い本の背表紙が目に留まった。

「え……」

思わず声が漏《も》れる。

須藤秀夫？

同姓同名だろうか。それとも、あの秀夫が書いた本だろうか。

手に取ってみて、達也は軽く眼を見張った。それは、ウィーンの古典菓子について書かれた本だった。

出版は、一九九〇年代。今から三十年前か。

あの人、もとは菓子職人だったのか――。

そう言えば、秀夫はむきエビのカクテルを、お菓子に使うブリオッシュに詰めていた。

達也は暫《しば》し茫然《ぼうぜん》と、分厚い本を見つめていた。

休日明け、達也はいつものようにパティシエコートに身を包み、ケーキ類《アントルメ》の厨房で各スタッフたちの工程を見守っていた。

窓の外の新緑が眩しい。ケヤキやカエデが柔らかな新芽を伸ばし、爽やかなグリーンアフタヌーンティーが一層映える季節になってきた。もう少しすると、桜山ホテルの庭には、ゲンジボタルが飛び始める。

今日は週末だが、いつもに比べ、比較的ゲストが少ない。

皆、もうすぐ到来する蛍《ほたる》シーズンを狙っているのだろう。

「シェフ、お願いします」

スー・シェフの朝子が持ってくる、プティ・フールのチェックを一通り済ませ、達也も仕上げに加わった。フレッシュミントの葉をちぎり、香りを立たせてから、檸檬《シトロン》のジュレの上に一枚ずつ丁寧に載せていく。

フレッシュミント、バーベナ、レモングラス……。

グリーンアフタヌーンティーでは、スイーツにも多くのハーブが使用される。ハーブは新緑の美しさをイメージするのと同時に、これからやってくる梅雨《つゆ》の湿度を乗り切る、薬草としての効果がある。

シーズンごとにメニューを変えるアフタヌーンティーには、季節負けする身体を癒《いや》す効能も含まれるべきだと、達也は考えていた。

この日は正午に誕生日記念のゲストがいて、プティ・フールの他に、チョコレートのプレートが用意されていた。仕上げを担当するアントルメンティエのスタッフが、ホワイトチョコレートでそこにＨＡＰＰＹ　ＢＩＲＴＨＤＡＹとメッセージを書いている。

仕上げの工程に加わりながら、達也は隣の厨房で働いているセイボリー担当の秀夫の様子をそれとなく窺った。

秀夫もまた達也と同様に、サンドイッチやカナッペの仕上がりのチェックをしながら、自らも小エビとホタテをマリネしていた。

仕事は丁寧だが、冒険はしない。

達也の秀夫に対するイメージは、往々にしてそんなところだった。その秀夫が、かつては古典菓子について研究していたのだろうか。

昨日、セレクトブックショップで見つけた須藤秀夫著のウィーン古典菓子について書かれた本を、達也は帰りがけに買ってみた。三十年前に出版された本の中で、著者はかなり強い口調で当時のパティシエブームを批判していた。

特に、軽さや柔らかさばかりを追求し、本来の菓子の甘さを敬遠する日本の洋菓子界の流行に、厳しい警鐘《けいしょう》を鳴らしていた。

その主張は分からなくはないが、かなり甘く重たい古典菓子は、健康重視の昨今では受け入れがたいのではないか――。読んでいて、達也はそう思った。

やっぱり、同姓同名の他人だろう。

若いスタッフと談笑まじりに手を動かしている秀夫の様子に、達也はそう結論づける。誰とでもうまく合わせられる秀夫が、あんなに強い論調を繰り出すとは思えない。

達也もこだわりは強いほうだが、昨夜読んだ本の主張の強引さには、いささか胸やけを起こした。読了後、一方的に喧嘩《けんか》を売られたような気分が残った。

それでも、著者が約一年半をヨーロッパのパティスリーの厨房で過ごしたという経歴には、微《かす》かな羨望《せんぼう》を覚えた。

羨望——？

胸をよぎった思いを、達也は慌てて振り払う。

そろそろ、クリスマスアフタヌーンティーのコンセプトの結論も出さないといけないな——。

無理やり、意識をプティ・フールに引き戻す。

やはり今年は、昨年香織が作ったホワイトアフタヌーンティーのアレンジでいくのが無難だろう。

張り切っている誰かさんには申し訳ないけれど。

「だから、それは合理的ではないと思う」

配膳室《パントリー》から強い声が飛んできた。

視線をやり、達也はそこにラウンジスタッフの呉彗怜《ウースイリン》と、〝誰かさん〟こと涼音が、少々険悪な様子で向かい合っているのを見た。

「リャンインは、どうしていつも、一人客をそんなに優遇する」

もっとも、険しい表情を浮かべているのは、彗怜だけだった。

「別に優遇しているわけじゃないよ」

予約表を手にした涼音は、穏やかな口調で答えている。

「だったら、一人客を必ず窓側に案内する必要はないでしょう。皆、窓側の席に着きたいんだから」

「でも、一人でくるお客さんは大抵常連さんだもの。常連さんは、やっぱり大事にしたい」

「それ、おかしいよ。一人のゲストが毎シーズンきたとしても、年間数回しかこられないじゃない。だったら、五人とか、十人とかでくるゲストを優先するのが当たり前でしょう」

どうやら、午後の団体客と一人客の席の配置のことで意見が合わないらしい。

そう言えば、中国人の観光客は、アフタヌーンティーも大勢で食べにくる。

「別に、ゲストが私と同じ中国人だから言ってるわけじゃないよ。どちらが売り上げに貢献してるかって言ってるの。貢献しているほうが優遇される。それが当たり前だって話」

理路整然としているだけに、彗怜の口調はきつく響く。

彗怜はサポーター社員と呼ばれる契約スタッフだが、ラウンジ歴は涼音よりずっと長い。

意見が対立すると、涼音にとってはやりにくい相手のはずだ。

「でも、人数が多ければお喋《しゃべ》りにも花が咲くけど、一人なら、静かに外の景色を眺めたいと思うでしょう？」

涼音は辛抱強く説得を続ける。

「大勢でも景色は見たいですよ。特に桜山ホテルの日本庭園は有名で、皆、写真を撮りたいと考えてるんだから」

だが、彗怜も負けていない。

常連を大事にしたい涼音と、一見《いちげん》でもいいから、売り上げに貢献してくれる大人数を優遇すべきだと主張する彗怜。どちらの意見も、あながち間違ってはいなかった。

「今日はそんなになにゲストも多くないし、両方窓側に案内できるから」

涼音が折衷案的なことを口にする。

「それは、ごまかし。今日はいいかもしれないけど、混雑したときは、どうするの？　ちゃんと優先順位を決めておくのもラウンジの仕事でしょ。本当はリャンインこそ、売り上げのこと考えなきゃいけないんだよ。リャンイン、正社員なんだから」

彗怜は肩をすくめると、大股《おおまた》でパントリーを出ていった。

残された涼音は少しだけ悄然《しょうぜん》としていたが、すぐに気を取り直したように、ポットを温め始めた。

達也はなんとなく手をとめて、その様子を眺めていた。

思えば、ここへ異動してすぐに、ベテランの香織の後任となった涼音は大変だ。ストレスも大きいだろうに、涼音は会議でもめげることなく、何度も企画書を提出してきた。

達也の頭の片隅に、涼音が書き直してきた企画書が浮かんだ。

イメージ画像やグラフを使い、識字障害のある自分にも分かりやすいように、工夫が凝《こ》らされた企画書だった。

ツーライン。

本当は、悪い案ではないと思う。達也自身、ワンシーズンで終わらせてしまうには惜しいと思うレシピがあるのも事実だ。

だが、クリスマスという一大繁忙期にツーラインは――。

「シェフ」

朝子に声をかけられ、達也は我に返った。

「お願いします」

差し出されたのは、誕生日記念用のスイーツだった。杏子のガトー、シトロンのジュレ、グリーンマカロンと一緒に、生クリームで飾られたチョコレートのプレートが載っている。

「あ、すみません!」

了承を出そうとした瞬間、朝子が大きな声をあげた。

「ちょっと、このプレート、HAPPYのPが一つ抜けてるじゃない。しっかりして!」

朝子がアントルメンティエのスタッフを怒鳴りつけるのを見て、達也は思わずひやりとする。

「す、すみませんっ」

慌《あわ》ててプレートを作り直しているスタッフの姿から、達也は眼をそらせた。

朝子が気づいてくれたからよかったものの、そのまま皿をパントリーまで運んでしまっていたらと考えると、額に冷たい汗が滲《にじ》む。

ひょっとして――。

自分がクリスマスのツーラインを避けるのは、調理スタッフをまとめきれないのではないかという微かな不安が心のどこかにあるからでは。

ふと脳裏をよぎった思いつきに、達也自身が愕然とした。

〝私たち、同じチームなんですし、ちゃんと話していただければ、もっと色々なことがスムーズに……〟

涼音の声が耳朶《じだ》を打つ。

そんなことはない。自分はシェフ・パティシエとして、きちんと厨房を回している。

だが、人事担当者はもちろん、いつもサポートしてくれているスー・シェフの朝子にまで、隠し事をしているのは事実だ。

達也は密《ひそ》かに唇を嚙《か》み締めた。


それから午後三時までは、厨房、ラウンジ共に一番忙しい時間帯だった。次々仕上がってくるプティ・フールを一つ一つチェックするだけで、時間はあっという間に過ぎていく。達也も、もうそれ以上、余計なことを考えている余裕はなかった。

「シェフ、後はこちらでなんとかできますので、そろそろ休憩に入ってください」

スー・シェフの朝子が声をかけてくる。

掛け時計を見ると、もう四時半を過ぎている。

達也は時折夢中になりすぎて、休憩を取るのを忘れてしまう。しかし、それでは他のスタッフも休めないのだと、先日朝子からそれとなく抗議されたばかりだった。

「じゃ、後はよろしく」

朝子に頷き返し、達也は仕上げのパートから離れた。

バックヤードへ向かう途中、パントリーを通りかかり、達也はふとラウンジへ視線をやった。

お、ソロアフタヌーンティーの鉄人――。

窓側の席で、一人でアフタヌーンティーを楽しんでいる中年男性の姿が眼に入り、自然と足がとまる。

大きな窓の向こうの新緑を背景に、美味しそうにスコーンを食べている様子は、正直冴《さ》えないのに、妙にラウンジに馴染《なじ》んでいる。

本当に不思議なオッサンだ。

混雑するラウンジを嫌ってか、ゴールデンウイークや人気の蛍シーズンは外しているが、季節ごとに必ず一人でラウンジに現れる。そして、制限時間一杯、思う存分、アフタヌーンティーを堪能《たんのう》していくのだ。

近くの席で、やはり一人でテーブルについている、度の強い眼鏡《めがね》をかけた地味な女性にも見覚えがあった。彼女もよく一人でラウンジを訪れる常連客だ。

静かに窓の外を眺めながら食事をしている彼らの奥では、中国人の家族らしい団体客が、スマートフォンをかざして、にぎやかに写真を撮り合っていた。小さな子供から、祖父母らしい年配者まで。中国人の家族は、本当に仲が良い。日本では、家族旅行など絶対に参加しないであろう反抗期真っ盛りの十代の少年少女までが同行していることには、毎回、新鮮な驚きを覚える。

華僑《かきょう》として海外で生活する親族も多い中国人にとって、家族というのは本当に特別なものなのかもしれないと、達也は想像した。

ほとんどアフタヌーンティーを食べ終えた彼らに、呉彗怜が中国語でにこやかに話しかけている。

「飛鳥井シェフ、お疲れ様ですぅ」

そこへ、空《から》になったグラスやポットをトレイに載せた林瑠璃《はやしるり》がやってきた。

「今から休憩ですかぁ?」

「あ、ああ……」

「今日はもう、ピークは越えましたもんね。週末にしては楽でしたね。後は五人の女子会っぽい人たちがきたら、予約はおしまいですよ。鉄人も、いい時間帯狙ってきますよねぇ、さっすがぁ」

瑠璃は小首を傾《かし》げて「てへっ」と笑ってみせる。

そのいささかあざとさが漂うフランス人形のような姿を見ながら、達也はつい、好奇心に駆《か》られて聞いてみた。

「鉄人、今日はなにを飲んでるんだ？」

「一杯めがアイスの炭酸《たんさん》入りグリーンティーで、二杯めからはダージリンのセカンドフラッシュですぅ」

完璧――。

達也は胸の中で親指を立てる。

まさしく今回のグリーンアフタヌーンティーに合わせてもらいたい、お薦《すす》めの選択だった。

アフタヌーンティーにアイスティーは邪道と考える向きもあるようだけれど、達也に言わせれば、決してそんなことはない。気温と湿度が上がるこの季節には、むしろ、一杯めは冷たい飲み物で口をさっぱりさせてから温かい紅茶を飲むほうが、本来の茶葉の味をより楽しめる。

しかも夏摘《なつつ》みのセカンドフラッシュは、爽やかな味わいの春摘みのファーストフラッシュに比べ、熟した果実のようなマスカテルフレーバーが特徴だ。マスカテルフレーバーは、よくマスカットの香りに譬《たと》えられるが、実際にはもっと濃厚で重い。巨峰《きょほう》の皮を嚙んだときの渋みにも似ている。喉《のど》の渇《かわ》きを癒やした後に、スコーンやプティ・フールと共に、じっくりと味わってもらうのにふさわしい。

達也はもう一度、ソロアフタヌーンティーの鉄人の様子を窺った。

鉄人はスコーンを横水平にナイフで切り、切り口の上にあらかじめ皿に取ってある杏子ジャムとクロテッドクリームを塗《ぬ》っていた。

前回、クレア・ボイルと情報番組に出たときにも話題になったが、アフタヌーンティーの本場イギリスでも、ジャム・ファーストか、クリーム・ファーストかでは様々な論争があるらしい。

焼き立てのスコーンの余熱でクリームが溶け出すのを防ぐために、一旦はジャム・ファーストというルールができたものの、そこへクリームの産地のデヴォンの人たちが嚙みついた。

溶ける分など気にせず、先にたっぷりクリームを載せる。それこそが伝統的なスコーンの食べ方だと。

事実、クロテッドクリームのしみ込んだスコーンは、しっとりとした食感と表面のカリッとした香ばしさが相まって、特別な美味しさになる。

ところが、同じくクリームの産地であるコーンウォールの人たちが、そこに異論を唱えた。

デヴォンのクリームは色が悪いから、上にジャムを載せてごまかしているだけ。コーンウォールの黄金色のクリームなら、堂々と一番上に載せられる。クロテッドクリームの正統は、コーンウォールにありと。

この論争は、ときにデヴォンVS.《ヴァーサス》コーンウォールとも譬えられるそうだが、要は「好みの問題」だと、クレアは笑っていた。

ちなみに、ソロアフタヌーンティーの鉄人は、ジャム・ファースト派のようだった。

近くの席の眼鏡の女性のテーブルの上には、ポットが載っていない。

「メガネっ子さんは、いきなりのカフェオレですぅ」

達也の視線に気づいた瑠璃が、屈託《くったく》なく言い放つ。

はい、邪道――。

だが、それもまたよしだろう。

本来、コースメニューであるアフタヌーンティーの食べ方は、セイボリー、スコーン、スイーツと厳然と決まっていて、後戻りはマナー違反とされる。

だが眼鏡の女性は、そうした順番もまったく無視して、真っ先にスペシャリテのルバーブのタルトレットにスプーンを入れていた。

一口食べた瞬間、心底幸せそうな顔つきになる。

いま彼女の口の中では、バニラビーンズが効いたリッチなカスタードクリームと、甘酸っぱいルバーブのコンポートが絶妙に混じり合っているのだろう。

「美味しそぉ～」

瑠璃が羨ましそうに溜め息をつきながら、洗い場にトレイを下げにいく。

作法よりなにより、達也にとっては、それが一番だった。あんなに美味しそうに食べてもらえるなら、邪道もマナー違反も関係ない。

鉄人の玄人《くろうと》肌の選択にも唸《うな》らされるが、眼鏡の女性が心からアフタヌーンティーを楽しんでくれていることもまた、純粋に嬉しかった。

そのとき、ラウンジの入り口が、急ににぎやかになった。

彗怜が見送る中国人家族たちと入れ違いに、華やかに装った五人の若い女性たちが涼音に伴われてやってくる。どうやら彼女たちが、瑠璃の言っていた本日最後の予約客らしい。

「今すぐ、窓側のお席をご用意致しますね」

大分空《す》き始めたラウンジの入り口の席に女性たちを一旦案内し、涼音は彗怜と連携《れんけい》して窓側のテーブルを片づけ始めた。午前中、客席の案内のことで揉《も》めていた二人だが、今はてきぱきと協力し合い、人気のある窓側席を効率的に回している。

スー・シェフの朝子にも隠し事をしている達也は、息の合った二人の様子から、そっと視線を外した。

「あれ、もしかして西村？」

達也がバックヤードへ足を向けかけたとき、入り口の席に着こうとしていた女性の一人が、ラウンジに響くような声をあげた。

その瞬間、窓側の席でアフタヌーンティーを楽しんでいた眼鏡の女性が、びくりと肩をすくませる。

「やだ、やっぱ、西村じゃん」

「本当だ。あんなところに西村がいる」

先に席についていた女性たちまで、どやどやと立ち上がった。どうやら、眼鏡の女性と彼女たちは、知り合いのようだった。

しかし――。

「ちょっと、西村ぁ。あんた、せっかくの週末に、まさか一人でアフタヌーンティー食べてんの？」

「え、嘘《うそ》でしょう？　どんだけ友達いないの」

五人組の女性たちの声に嘲笑が交じる。

「アフタヌーンティーって社交だよね」

「一人って、ありえないんですけど」

ラウンジが空いているのをいいことに、彼女たちは傍若無人《ぼうじゃくぶじん》に声を張り上げた。

「なに、ぼっちでこんなところにきてるわけ？」

すぐ傍《そば》にも一人でアフタヌーンティーを食べているオジサンがいるのだが、まるで眼中にない様子で、彼女たちは眼鏡の女性に近づいていった。

「なんなら、うちらの女子会に合流しなよ」

ラウンジを突っ切ってやってきた女性たちに囲まれて、眼鏡の女性は完全にうつむいてしまう。

「ねえ、なんとか言いなって。せっかく誘ってるのに」

「この間、会社のお花見のときも、この人、途中でバックレちゃったんだよ」

「あれじゃ、まるで私たちが苛《いじ》めてるみたいじゃん」

コーラルピンクの口紅を塗った、ひときわ派手な茶髪の女性の背後で、「ま、誰も気づいてなかったけどね」と、他の女性たちが意地悪く微笑《ほほえ》み合った。

「仲良くしようよ。同じ虐《しいた》げられし非正規組なんだし。分かるよ。たまにはこれくらいの贅沢《ぜいたく》しないと、ストレスたまるばっかりだもんね」

くだけた調子を装いつつ、女性たちは高圧的に眼鏡の女性を見下ろしている。

「でも、ぼっちでアフタヌーンティーって、暗すぎるよ。うちら、まだ二十代なのにさ」

「それに、非正規組は、ちゃんと一枚岩にならないとね」

「あんたが〝お勉強〟とやらのために残業しないから、そのしわ寄せがこっちにきてることも、この際、話し合いたいし」

「そうだよ。アフタヌーンティーは社交なんだし、いい機会だよ」

眼鏡の女性が手にした銀のスプーンが微かに震え始めているのが、ここからでも分かる。

これは、さすがにまずい。

幸福そうにスペシャリテを頬張っていた眼鏡の女性が見る見るうちに蒼褪《あおざ》めていくことに、達也は我知らず小さな怒りを覚えた。

気づいたときには、ラウンジに向かって足を踏み出していた。ほかの客に迷惑だと、彼女たちを追い返すつもりだった。五人分のアフタヌーンティーがキャンセルになるけれど、それはシェフ・パティシエの自分が責任を負えばいいと咄嗟《とっさ》に考えた。

調理を担当した現場の雰囲気は悪くなるだろうが、こんな状況を断じて見過ごすわけにはいかない。

ところが、達也の動きを遮るように、先んじて動いた影があった。ホテルのシンボルカラーである、桜色のスカーフが眼の前をかすめる。

涼音だ。

ちらりと達也を振り返った大きな瞳が、「任せてほしい」と告げていた。

〝大丈夫です〟

瞬間、自分をまっすぐに見つめて語りかけてきた涼音の様子が、達也の脳裏に浮かんだ。

「お客様、お待ちください」

落ち着いた声が、客のまばらなラウンジに響く。

眼鏡の女性をかばうかの如く、涼音は五人の女性の前に立った。

「お言葉ですが、アフタヌーンティーは、決して社交のものだけではございません」

にこやかに、けれど案外強い口調で涼音が茶髪の女性に話しかける。

「お客様は、アフタヌーンティー誕生の秘密をご存じでしょうか」

「……そんなの、知るわけないし」

茶髪の女性は不満そうにコーラルピンクの唇をゆがませた。

「それでは僭越《せんえつ》ながら、私が簡単にご説明申し上げます。アフタヌーンティーの歴史を知っていただいたほうが、お客様にも一層楽しんでいただけるものと存じます」

涼音が丁寧に頭を下げる。

興味を引かれたように、アフタヌーンティーの鉄人もスコーンにジャムを塗っていた手をとめた。

「イギリスのティータイムの中でも、最も優雅な時間とされるアフタヌーンティーですが、実はその誕生の裏には、意外なエピソードがあるのです」

涼音はあくまでも愛想よく、五人の女性の顔を見回した。

「ときは十九世紀、大英帝国最盛期のビクトリア時代。アフタヌーンティーは、一人の貴婦人の空腹から始まったんです」

その貴婦人とは、第七代ベッドフォード公爵《こうしゃく》夫人、アンナ・マリア――。

いつしか達也までが、涼音の流暢《りゅうちょう》な説明に聞き入っていた。

当時、イギリス貴族の食事は一日二回。朝食の後、夜の八時頃からスタートするディナーまで、なにも口にすることができなかったという。特に、一日中コルセットをつけていなければならなかった女性は、男性貴族のように気軽に間食することも許されなかった。

長い午後の時間を、多くの女性貴族たちは耐え難い空腹と共に過ごすしかなかったのだ。

「そこで、アンナ・マリアは考えました」

涼音が人差し指をぴんと立てる。

アンナ・マリアは人目を忍び、自分専用のベッドルームに紅茶とお菓子をこっそり持ち込んで、たった一人でティータイムを楽しむことにしたのだ。

コルセットを緩め、緊張から解放されながら、誰にも邪魔されずに紅茶と甘いお菓子を心ゆくまで堪能する。

「それは、彼女にとって、あまりに幸せな時間でした」

涼音の解説に熱がこもった。

やがて、アンナ・マリアはこの幸福を、親しい友人たちと分かち合いたいと考えるようになる。

そこで、ごく親しい女友達だけを招いて、〝秘密のお茶会〟が催《もよお》されることになった。

あくまで水面下ではあったけれど、ベッドルームの〝秘密のお茶会〟の評判は、瞬く間に女性貴族たちの間に広がった。

徐々にテーブルが増え、綺麗なクロスを敷いたり、お気に入りのティーポットやティーカップを並べたり、銀のカトラリーが使われたりと、お茶会は華やかさと豪華さを増していく。

そしてついに、場所もベッドルームからサロンへと移り、最後には英国の伝統的な社交の場へと発展していったのだった。

「このアンナ・マリアのベッドルームの〝秘密のお茶会〟こそが、アフタヌーンティーの始まりだと言われています」

涼音は朗《ほが》らかに告げる。

「だから、アフタヌーンティーは、決して社交だけのものではありません。お一人でじっくり楽しんでいただくこともまた、アフタヌーンティーの本来の在り方なんです」

社会からの解放、社会生活を営む上での交友――。その両方が、アフタヌーンティーの神髄《しんずい》であるのだと、涼音は無理なく説明してみせた。

ふいに、控えめな拍手の音が響く。

ハッとして視線をやれば、ソロアフタヌーンティーの鉄人が穏やかな笑みをたたえて手をたたいていた。

「お騒がせして申し訳ございません」

慌てて頭を下げた涼音に、鉄人はゆっくりと首を横に振る。

「いえいえ、とても興味深いお話でした。それに……」

自分をまったく無視していた五人の女性たちを見回すようにして、鉄人が続けた。

「こういうのって、マインドフルネスとも言いますね」

マインドフルネス――。眼の前のことに集中して自らを解放する、最近流行りの瞑想《めいそう》法だ。

「余計なことはなにも考えずに、ひたすら美味しいものを満喫《まんきつ》する……。私はここで、いつもとびきり贅沢な時間を過ごさせてもらっています」

同意を求めるように、鉄人がそっと眼鏡の女性に目配せする。だが眼鏡の女性は、じっとうつむいたまま、視線を上げようとはしなかった。

五人の女性は不服そうに顔を見合わせている。ラウンジが、なんとなくしんとした。

「お客様、お席の用意ができました」

そこへ、なにくわぬ表情をした彗怜がやってきた。

「どうぞ、あちらへ」

彗怜が、鉄人の奥の窓側席を指し示す。

コーラルピンクの口紅を塗った茶髪の女性は、ちらりと鉄人に眼をやった。

ソロアフタヌーンティーの鉄人は、もう周囲に関心がない様子で、杏子ジャムの上にクロテッドクリームを載せたよもぎ入りのスコーンを食べている。

「私たち、やっぱり、あっちの席にいきまーす」

茶髪の女性が白けたような声をあげた。

「こんなとこより、あっちのほうが落ち着くかも」

「そうだよねー」

「アフタヌーンティーの歴史とか、マインドフルネスとか、うちらに関係ないし」

女性たちはぞろぞろと、最初に案内された入り口の席に戻り始める。

「かしこまりました」

彗怜が恭《うやうや》しく頭を下げて、彼女たちの後についていった。

スコーンを食べ終えた鉄人は、すっかり自分の世界に入っているようで、窓の外を眺めながら紅茶を味わっている。

そのとき、傍らの涼音が小さく息を呑む気配がした。

それまでずっと押し黙っていた眼鏡の女性が、涼音に伝票を差し出している。

「でも、西村さん。まだ、お料理がこんなに……」

引き留めようとする涼音に、眼鏡の女性が硬い表情で首を横に振った。

「お会計をお願いします」

眼鏡の女性の眼差《まなざ》しには、一刻も早くこの場を立ち去りたいという強い悲しみが滲んでいる。

気圧《けお》されたように、涼音が伝票を受け取った。

テーブルには、食べかけのルバーブのタルトレットが、銀のスプーンが添えられたままの状態で放置されていた。達也の胸が、針で刺されたようにちくりと痛む。

急いで厨房に引き返すと、達也は日持ちのしそうなプティ・フールを見繕《みつくろ》って、袋に詰めた。

初夏のアフタヌーンティーのために試作した、マンゴーの果肉入りスコーンも追加する。

テイクアウト用の紙バッグにすべてを入れて、達也は再びラウンジに向かった。

ラウンジでは、丁度涼音が眼鏡の女性の会計を終えたところだった。

なにか言いたげな涼音に背を向けて、眼鏡の女性は足早にどんどん遠ざかっていく。

「遠山さん、これ」

レジの前で肩を落としている涼音に、達也は紙バッグを差し出した。

一瞬ですべてを察したように、涼音が眼を見張る。達也は大きく首を縦に振って、涼音を促した。

「さ、早く」

涼音に紙バッグを手渡した刹那《せつな》、達也自身も悟る。

自分が一体誰のために、この仕事をしているのかを。

〝こんなに美味しいケーキは初めてだ！〟

かつての恩師、直治と共に被災地の避難所を回ったときに聞いた歓声が、鮮やかに甦る。

あのとき、老若男女が浮かべてくれた満面の笑みを見て、達也は製菓を一生の仕事にしようと心に決めたのだ。

効率、売り上げ、名声。

当然、そういったことだって大切だ。

最高のアフタヌーンティー。

けれどそれは、自分が作るスイーツを、心から楽しんでくれる人たちのためにあるものだ。

〝私はここで、いつもとびきり贅沢な時間を過ごさせてもらっています〟

先刻の鉄人の言葉。

心底幸福そうにタルトレットを頬張っていた、眼鏡の女性の様子が脳裏に浮かぶ。

「クリスマスのツーライン、考えてもいいかも」

眼鏡の女性を追っていこうとする涼音に、思わず声をかけていた。

「え？」

涼音が意外そうに振り返る。

今、伝えることかと、達也は我ながら呆《あき》れた。

だが、今でなければ駄目なのだ。

クリスマスシーズンを狙ってやってくる、大勢のゲストはもちろんだけれど。

でも。

西村さんと言ったっけ――。

俺は、ソロアフタヌーンティーの鉄人やあなたのようなゲストのために〝最高のアフタヌーンティー〟を作りたい。

達也が言葉を尽くして説明すれば、朝子たち現場スタッフも、きっと賛同してくれるはずだ。

「常連向けだけだけど」

達也の言葉に、涼音がぱっと瞳を輝かせて頷いた。

紙バッグを手に、眼鏡の女性を追いかけていく涼音の背中を、達也はじっと見送った。

第三話

彼女たちのアフタヌーンティー

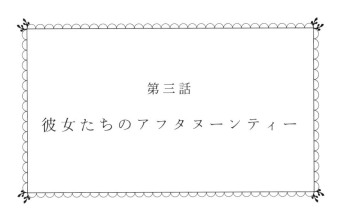

竹竿《たけざお》を組んだ棚にずらりと吊るされた江戸風鈴《ふうりん》が、からころと軽やかな音を立てる。

休憩中に庭園に出てきた涼音《すずね》は、木陰のベンチに腰を下ろした。

昼下がりをすぎても、八月の日差しは一向に衰《おとろ》えることがない。例年同様、うだるような暑さが続いているが、小川のせせらぎが響く緑陰《りょくいん》は、とても都会の真ん中とは思えない涼やかさだ。

ベンチの上で、涼音は大きく伸びをした。緑の匂いに、全身の疲労が抜けていく。

ゲストが多いときはバックヤードで手早く昼食を済ませるが、繁忙期《はんぼうき》のお盆を過ぎ、ホテルを訪れる家族連れや団体客も随分《ずいぶん》と落ち着いてきた。

まだ日差しが強いせいか、今は広い庭園内にほとんど人影がない。ミンミンゼミとアブラゼミだけが、競い合うようにして鳴いている。

昼休憩とはいえ、涼音たちラウンジスタッフが休息を取れるのは、午後三時過ぎになることが多かった。シフトがうまく組めなければ、もっと遅くなる。

朝食以降、夜八時のディナーまでなにも口にすることができなかった英国の女性貴族たちも気の毒だが、二十一世紀の現在も、多くの接客業の女性たちは空腹と戦いながら立ち働いている。

でも――。

ほんのひとときであっても、こうして手入れの行き届いた日本庭園を眺めていられるのは、やっぱり幸せだ。着替えが面倒だと、瑠璃《るり》やほかのスタッフたちはたとえ時間があってもバックヤードから出ようとしない。パリピを自称する瑠璃などは、昼食よりも一分でも長く寝ていたいと、大抵死んだようにテーブルに突《つ》っ伏《ぷ》しているが、涼音は時間が許す限り、外の空気を吸いたかった。

だって、こんなにすてきなんだもの。

紅茶を入れたポットと、賄《まかな》いの入った紙袋を傍らに、涼音は改めて周囲を見渡した。桜山《おうざん》ホテルのガーデンスタッフたちは、四季折々の趣《おもむき》を一層引き立たせるための工夫を怠《おこた》ることがなく、毎日のように新しい発見がある。

たとえば、夏の間だけ小道の両側に吊るされる、このたくさんの江戸風鈴。

涼音も全体会議で初めて知ったのだが、型を使わずに、宙に浮かせて硝子《ガラス》を吹く「宙吹《ちゅうぶ》き」と呼ばれる手法で作られる江戸風鈴は、一つとして同じ音色のものがないそうだ。また、切り口を、わざと磨《みが》かずに「切りっぱなし」にすることで、自然界の音に近い〝揺らぎ〟が生まれ、夏負けした心身の治癒《ちゆ》効果につながるという。江戸風鈴の音色は、鈴虫《すずむし》の声の周波数とほぼ同じだという報告もあるらしい。

それでこんなに涼しい気分になるのかな。

川音に交じり、からりころりと鳴り響く音色に、涼音はうっとりと耳を澄ます。

風鈴は元々中国から伝来してきた鐸《たく》の一種だが、魔除《まよ》けとして使われていたそれに納涼の用法を見出《みいだ》したのは、日本人独自の感性だ。

金魚、花火、朝顔、西瓜《すいか》、ひまわり……。

色褪《いろあ》せを防ぐために硝子の内側から描かれた様々な模様も可愛《かわい》らしく、江戸風鈴の小道は、日本人はもちろん、外国人ゲストたちからの評判も上々のようだった。

さて――。そうのんびりはしていられない。

涼音は紙袋からサンドイッチを取り出した。

「うわー、美味《おい》しそう……」

思わず頰《ほお》が緩《ゆる》んでしまう。

ライ麦パンに、ミラノサラミ、チェダーチーズ、紫キャベツのヴィネガー蒸し煮《ブレゼ》をたっぷりと挟んだサンドイッチはボリュームもあり、見た目にも美しい。セイボリーの残り物の食材で作っているとはいえ、秀夫《ひでお》特製の賄いは、毎回、贅沢《ぜいたく》な美味しさだ。

大きく口をあけてかじりつくと、バターに混ぜられたマスタードがピリッと鼻に抜けた。サラミ、チーズ、ブレゼのバランスが絶妙で、そこに新鮮なサラダ菜とマスタードの辛みが後を引くアクセントを加えている。

これは、やめられない。

涼音は暫《しば》し、無心でサンドイッチを頰張った。

〝こういうのって、マインドフルネスとも言いますね〟

半分程食べ終えたとき、ふいにソロアフタヌーンティーの鉄人の言葉が脳裏に浮かんだ。

余計なことはなにも考えずに、ひたすら美味しいものを満喫《まんきつ》する――。それが、眼の前のことに集中して自らを解放する、最近流行《はや》りの瞑想《めいそう》法に近しいと、鉄人は語ってくれたのだ。

その発見は、涼音にとってもとても嬉しいものだったのだが……。

涼音の心に、ふと小さな影が差す。

この夏、前任者の香織とパティシエの達也が中心になって開発した白桃《はくとう》のアフタヌーンティーが、例年のマンゴーを中心にしたトロピカルアフタヌーンティーを超えるヒットとなった。特に、イギリスの名門ホテルの料理長がオーストラリアの歌姫ネリー・メルバに捧《ささ》げたのが由来とされる、完熟した白桃とバニラアイスとラズベリーソースを組み合わせた特製菓子《スペシャリテ》、ピーチ・メルバのフレッシュな味わいが、老若男女を問わず大きな評判を呼んだ。

けれど、そこに常連客だった西村京子《にしむらきょうこ》の姿はなかった。

あの日以来、京子は一度もラウンジを訪れていない。

ラズベリーソースのかかったピーチ・メルバを一さじすくって口に入れるたび、幸せそうに目蓋《まぶた》を閉じる京子の姿は、見てきたように想像ができるのに。

足早に去っていこうとする京子の背中を追いかけた日のことを、涼音はぼんやりと回想する。

あの日、差し出したプティ・フールの詰め合わせを、京子はなかなか受け取ってくれなかった。

〝もう、私がここへくることは、ないと思います〟

悲しげに告げられた言葉を思い返すと、今でも胸がしくりと痛む。

あんた、せっかくの週末に、まさか一人でアフタヌーンティー食べてんの？

え、嘘《うそ》でしょう？　どんだけ友達いないの。

なに、ぼっちでこんなところにきてるわけ？――。

あのとき、同僚と思われる女性たちから、京子が次々とぶつけられていた言葉の礫《つぶて》。

それだけで、彼女たちの会社での関係性が透《す》けて見えた。

〝私って、本当に駄目なんです〟

四月の半ば、八重桜《やえざくら》の下で初めて言葉を交わしたとき、京子は深くうつむいていた。その背後には、京子をそんなふうに思い詰めさせる職場の環境があったのだろう。

人間関係はどこでも複雑だから、詳しいところまでは涼音には分からない。

「同じ虐《しいた》げられし非正規」と語っていた女性たちにには、彼女たちなりの言い分があるのかもしれない。だが、徒党を組むようにして、京子を嘲笑《あざわら》った態度だけは許せなかった。

涼音は京子を援護《えんご》したつもりだったけれど、しかし、それが良かったのかどうかも、今となっては定かではない。

〝もう、お分かりでしょうけれど、私、職場でうまくいっていないんです〟

半ば押しつけるようにして差し出したプティ・フールの詰め合わせをためらいがちに受け取りながら、京子は眼元を赤く染めた。

非正規組の結束を強めるためにと、終業後、頻繁《ひんぱん》に行われる「女子会」という名の愚痴《ぐち》大会。

最初は、上司や職場の環境が攻撃の対象だった。

〝でも、私、非正規組が集まって愚痴ばかり言い合うのって、なんか、益々憂鬱《ゆううつ》になるような気がして慣れなくて……。元々、話も合いませんし……〟

彼女たちから距離を取り、翻訳の勉強を始めたところ、いつの間にか、攻撃の対象が自分に変わっていることに気がついた。気取っている、陰《いん》キャのくせに、と背後で囁《ささや》かれるようになった。職場での情報を教えてもらえなかったり、伝言をとめられたりして、結果、それが仕事上のミスにつながることまであったという。

〝それでも、私、ここがあるから平気だったんです〟

そのとき、京子は初めて涼音の眼をじっと見た。

〝私、気づいたんです〟

彼女たちにつき合ってチェーン店で飲んだり食べたりしていたコーヒーやお菓子の約十回分で、このラウンジにくることができる。きちんとやりくりすれば「非正規組」でも、それくらいの贅沢はできるのだと。

一人でホテルのラウンジに足を踏み入れるのは不安だったけれど、それも窓辺でゆったりとティーカップを傾けているソロアフタヌーンティーの鉄人の存在が払拭《ふっしょく》してくれた。

「非正規組」だって、「陰キャ」だって、節約したお金で、思う存分、豪華なアフタヌーンティーを堪能《たんのう》できる。

そう発見した途端、仲間外れにされることも、陰口をたたかれることもたいして気にならなくなった。

〝あの人たちに内緒で、一人で豪華なアフタヌーンティーを楽しむ……。それこそが、私にとって、最高の贅沢でした。私にはここがある。そう思うと、つまらない仕事でも、嫌な職場でも、なんとかやっていけたんです〟

涼音の眼を見つめて、京子は続けた。

〝私、いつも一人なのに、遠山《とおやま》さん、必ず窓側の眺めのいい席に案内してくれましたよね。お気遣いがすごく嬉しかったです。おかげさまで心からくつろげました〟

京子の声に、深い溜め息が交じった。

〝でも、もう、ばれてしまった……〟

今にも泣き出しそうに、京子は顔をゆがめた。

秘密のアフタヌーンティー。

アフタヌーンティーが貴婦人アンナ・マリアの秘め事《ひごと》から始まったように、その秘匿性《ひとくせい》こそが、京子にとっての「最高のアフタヌーンティー」につながっていたのだろう。

〝だから、ここへくることは、今後二度とないだろうと思います。ごめんなさい〟

最後に深々と頭を下げて、京子は立ち去っていった。一度もこちらを振り返ることはなかった。

遠ざかっていく小さな背中が、今も脳裏から離れない。

初めてヒントをくれた人だった。

〝いいですね！〟

ツーラインというアイデアを思ついたとき、瞳《ひとみ》を輝かせて親指を突き立ててみせた京子の様子が、昨日のことのように甦《よみがえ》る。

彼女にもらったヒントのおかげで、涼音の案が初めて調理班の達也《たつや》と秀夫の同意を得て、社内で承認された。

今年のクリスマス、桜山ホテルでは、ホワイトクリスマスをイメージしたホワイトアフタヌーンティーの他に、これまでに人気のあったメニューを中心としたクラシカルアフタヌーンティーが登場する。

両方のラインに共通するスペシャリテは、バッキンガム宮殿のレシピを参考にした、シュトーレンだ。こちらは、現在達也が配合《ルセット》の最終調整を行っている。

広報課によれば、ツーラインというアイデアは、メディアからの反応も悪くないという。

だが、クリスマスのラウンジでも、一番きてほしい人の姿を見ることはないのだろう。

涼音の唇から、重い息が漏《も》れた。

ひときわ強い風が吹き、江戸風鈴が一斉《いっせい》にからころと鳴り響く。我に返った涼音は、慌《あわ》てて残りのサンドイッチを口に入れた。本当はもっとゆっくり味わいたいのだが、そろそろラウンジに戻らなくてはならない。繁忙期を過ぎたとはいえ、現在、ラウンジは人手不足だ。

この夏、涼音にとって、もう一つ残念な出来事があった。

古株のサポーター社員呉彗怜《ウースイリン》が、突然辞めてしまったのだ。サポーター社員はパートタイムと同じ契約待遇なので、涼音たち正社員のように、退職の事前通知や引き継ぎの義務があるわけではない。ある日、いきなり辞めてしまうスタッフがいることも否定はできない。

だが、常に冷静で的確な判断ができ、且つ、英語も中国語も堪能な優秀なベテランスタッフだった彗怜の不在は、ラウンジにとって大きな痛手だ。

せめて一言、知らせてくれればよかったのに。

涼音の胸を一抹《いちまつ》の寂《さび》しさがよぎる。

意見が対立することがあっても、涼音はいつも彗怜を頼もしく思っていた。合理的な彗怜の考え方は、独りよがりになりがちな自分にとって、勉強にも刺激にもなった。加えて彗怜は、涼音が独学で勉強している中国語の師でもあった。

私は、友達だと思っていたのだけれど——。

無論、彗怜の私生活をそれほど知っていたわけではない。上海《シャンハイ》出身の華僑《かきょう》の夫と、日本で生まれた女の子が一人いると聞いたことがあるくらいだ。

きっと、なにか事情があったのだろう。

ときに冷たく思えるほど論理《ロジカル》的な彗怜は、それを職場の自分たちに説明する必要はないと判断したに違いない。その事情が、彗怜にとってマイナス要素の強いものでなければいいと、涼音は単純に考えた。

頃合いを見て、メールでも送ってみよう。彗怜とは、いつでも連絡が取れるのだから。

そう思いつつも、時折、喪失感《そうしつ》に苛《さいな》まれそうになる。

常連客だった京子に続き、いつも一緒に立ち働いていた彗怜までが去っていってしまうとは、涼音は思ってもみなかったのだ。

人にはそれぞれ考え方や事情があるのだから、仕方がない。

口に残ったサンドイッチをポットの紅茶で流し込むと、余韻《よいん》に浸る暇もなく、ベンチから立ち上がる。

降るような蟬時雨《せみしぐれ》と、江戸風鈴の音色に後ろ髪を引かれながら、涼音はホテル棟に向かって歩き始めた。


その晩、涼音は自分の部屋のベッドの上で、西洋菓子の資料を読んでいた。次は早くも来春のプランを考えなければならない。

例年ならば、二月はバレンタインデーをイメージしたチョコレートアフタヌーンティー。その後は、不動の人気メニュー、桜アフタヌーンティーが続く。

来年は、定番の桜アフタヌーンティーに、なにかもう一つ、特色のあるメニューを加えられないか。

先日、調理班の達也と秀夫から、そう打診があった。

やっと涼音に対しても、調理班が本気で声をかけてくるようになった。ようやく涼音は彼らにとって、香織《かおり》の「穴埋め」だけの存在ではなくなってきたようだ。秀夫は元々柔軟《じゅうなん》に対応してくれていたが、ずっとかたくなだった達也の態度もほんの少しほどけてきた気がする。なんとかして、その期待に応えたい。

そう思い、涼音は毎晩、熱心に資料を紐解《ひもと》いている。

小麦は約一万年前から食用にされ、八千から六千年前には、メソポタミアで無発酵《むはっこう》の固いパンに近いものが誕生し、後にエジプトで偶然天然酵母が発見されてから、人類は全粒粉《ぜんりゅうふん》のパンを食べるようになったらしい。

砂糖の発祥は、紀元前三二七年に、アレキサンダー大王がガンジス川の流域でサトウキビを発見したことによる。しかし、砂糖がヨーロッパ全域に広がるには、十一世紀から十三世紀にかけての十字軍の遠征《えんせい》まで、長いときを待たなければならない。

村に一台のオーブンがあるかどうかという時代の菓子作りに、大きな役割を果たしてきたのが、実は修道院だったそうだ。修道院には、当時希少《きしょう》だった砂糖やはちみつや卵が集められ、神への感謝の贈り物として、貴重なお菓子が作られた。けれど、この時代、それを口にできるのは、ごく一部の王族や貴族だけだった。

「パンがなければお菓子を食べればいいじゃないの」という台詞《せりふ》で人となりを譬《たと》えられるマリー・アントワネットは、市民《シトワイヤン》の甚大なる怒りを買って、断頭台の露と消える。マリー・アントワネットが言ったというのは実際には作り話のようだが、この時代のお菓子は大変な贅沢品だ。

一般市民が普通にお菓子を口にできるようになったのは、ほんの二百年ほど前だという。そう考えると、お菓子文化はまだまだ近代の産物なのだ。

こうした歴史を知るのはなかなか面白いが、これをどうやって現代のアフタヌーンティーに結びつけていくかが問題だ。

でも、昔も今も、人がお菓子に求めていたものは、そう変わらないのではないだろうか。

つかめそうでつかめないヒントを前に、涼音はぐるぐると考える。

最高のアフタヌーンティー——。正しい答えは決して一つではない。だからこそ、悩ましい。

小さく息を吐いて、涼音は分厚い資料を閉じた。

根を詰めすぎていたようで、すっかり肩が張っている。腕のつけ根を回し、思い切り伸びをした。

窓の外からは、車の走行音に混じって虫の音《ね》が響いてくる。夜になってもうんざりするほど蒸し暑いが、季節は確実に秋に向かっているようだ。

澄んだ響きに耳を澄ませながら、ふと鈴虫の鳴き声と江戸風鈴の周波数がほぼ同じだという逸話を思い返す。

リーンリーンと響く鈴虫の声は、涼音にとっても特別なものだ。秋生まれの涼音は、この涼やかな音色から名づけられた。家族皆で考えたというが、大好きな祖父、滋《しげる》の着想が発端だったらしい。

そう言えば、私、来月にはついに三十になるんだよな……。

「三十路《みそじ》かぁ」

思わず声に出して呟《つぶや》いてしまう。

改めて考えると、なんだかゾッとする。二十代と三十代では、化粧《けしょう》のノリも、疲労の抜け方も、なにもかもが違うと聞く。

だが、アフタヌーンティーチームのマーケティング担当としての自分のキャリアは、まだ始まったばかりだ。調理班の二人との信頼関係も、これから一層深めていかなければならない。

しっかりしなくちゃ。

気合を入れたつもりが、無意識のうちに二の腕を掻《か》いていた。よく見れば、ぷくりと腫《は》れている。いつの間にか、藪蚊《やぶか》に食われていたらしい。

「かっこわる……」

涼音は一人で赤くなる。

〝外でランチなんて食べてるからですよぉ〞

眼の前で、瑠璃に笑われた気がした。もうすぐ三十路になるというのに、これでは夏休みの小学生並みだ。

でも、私は折々の季節を感じられるあの庭が好き。

「季節、か」

ぽりぽりと二の腕を掻きながら、涼音は頭に浮かんだ言葉を繰り返す。

修道院で作られていた古《いにしえ》のお菓子も、クリスマス、復活祭、聖週間などの、季節を表していたという。貴重なお菓子を口にしながら、人々は新しい季節の到来に思いを馳《は》せたのだ。

それはきっと、味わいだけではなく、なにがしかの感慨も呼び起こすものだったのではないだろうか。

そんなことを考えていると、サイドテーブルの上のスマートフォンが震えた。

「あ……！」

スマートフォンを手にした涼音の顔が輝く。随分と久方ぶりに、香織からメッセージが着信していた。

四月の半ばに、香織は無事、元気な男の子を出産した。春樹《はるき》君と名づけられた男の子は、新生児のうちから髪がふさふさしていて、メッセージに添付されていた写真を見た涼音も瑠璃も驚いた。瑠璃の見立てによれば、「将来イケメン間違いなし」だそうだ。

涼音は瑠璃と連名で、出産祝いに今治《いまばり》タオルのおくるみを送り、香織やその家族にも喜んでもらえたようだった。

今は育児休暇に入っている香織から、ようやく周辺が落ち着いてきたので、もう少し涼しくなったら、瑠璃と一緒に遊びにこないかという誘いがきている。

彗怜の突然の退社に喪失感を覚えていた涼音は、しばらくぶりに心が躍るのを感じた。

話したいことも、相談したいことも山ほどある。

香織は、涼音が桜山ホテルに入るきっかけとなった憧れの先輩であると同時に、自分の後任として涼音を抜擢《ばってき》してくれた恩人だ。

〝絶対伺います！〟

涼音は勇んで返信を送る。このまま夏が終わるのは、なんだか寂しい気がしていたが、にわかに秋の到来が楽しみになってきた。


九月の半ばになっても、蒸《む》すような残暑が続いていた。

プティ・フールの詰め合わせを手に、涼音は瑠璃と共に、香織が暮らす高級住宅街として有名な街の駅に降り立った。

カフェやレストランでお茶や食事をすることはあっても、直接家に招かれるのはこれが初めてだ。この日のため、涼音は苦心惨憺《くしんさんたん》して、自分と瑠璃の休日が合うようにシフトを組んだ。もっとも、香織に会うことを打ち明けると、サポーター社員のほとんどが融通を利かせてくれた。普段無愛想な達也までが、オータムアフタヌーンティーのプティ・フールを見繕《みつくろ》って持たせてくれたほどだ。すべては香織の人徳によるものだろう。

教えてもらった住所をスマートフォンの地図アプリに入力すると、駅から歩いて八分という表示が出た。

平日にもかかわらず、駅前は若い女性たちでにぎわっている。

桜並木の続く緑道には、おしゃれなブティックやスイーツ店が軒《のき》を連ね、ここにもたくさんの女性客がいた。

「さすが、この辺りに住む奥様方は、働く必要もないんですかねぇ」

プードルを散歩させている若奥様風の女性を横目に、瑠璃が呟く。

今日の瑠璃はグレーのパーカーを頭からすっぽりとかぶり、ほとんどすっぴんだった。曰《いわ》く、ラウンジやパーティーでは〝盛りに盛っている〟ので、婚活以外の休日はできるだけ素肌で過ごすようにしているのだそうだ。とはいえ、二十代半ばの瑠璃の肌は、素顔でも澄んでいて張りがある。

「やっぱ、女の人生って、男次第なんですかねぇ」

「どうかな」

溜め息まじりの瑠璃に、涼音は首を傾《かし》げた。

平日の昼間に、ショッピングをしたり、犬を散歩させたりしている女性たちの様子は確かに優雅に見えたが、それが何日も続けば、いずれは飽きてしまうのではないかと涼音には思われた。

「男次第の人生なんて、きっと退屈だよ」

「そうっすね。それに、今は大企業でも簡単にリストラとかしますもんね。当てにできるものなんて、なんもないってことで」

ラウンジでのフランス人形のような姿からは程遠い、ヒップホッパーのようないでたちの瑠璃が軽やかにステップを踏んでみせる。

「今がハッピーなら、文句ないっすぅ。私、明日地球が滅びてもいいように、毎日全力で生きてますからねぇ」

「そ、それは、すごいね」

瑠璃の割り切りに半ば臆《おく》しながら、涼音はかつて暗渠《あんきょ》だったという緑道を歩いた。やがて店舗の数が減り、周囲は静かな住宅街へ変わっていった。

どこを見ても、庭つきの瀟洒《しょうしゃ》な一軒家が続いている。スマートフォンの地図アプリによれば、香織の家はすぐ近くだ。表札を確かめながら、涼音は香織の幸せそうな日々に思いを馳せた。

商社勤めの夫は、優しくて理解のある人だと言っていた。近くに住むお姑《しゅうとめ》さんとの関係も良好だと聞いている。

こういう恵まれた環境で暮らす人こそが、ティーインストラクターや、紅茶アドバイザーの資格を取ることができるのだろうか。香織自身、元々横浜の有名なミッション系女子大を卒業したお嬢様だ。

下町の町工場《まちこうば》で育った自分とは、あまりに違いすぎる……。

ふいに気持ちがへこみそうになり、涼音は大きく首を横に振った。

資格の取得には、職場からの援助だって望めるのだ。やる気さえあれば、育ちや暮らしている環境なんて関係ない。事実、香織は後任に自分を選んでくれたのだから。

「あ、スズさん、ここですよぉ」

瑠璃が「園田《そのだ》」と書かれた表札を指さした。

広い駐車場を兼ね備えた庭では、ほころび始めた金木犀《きんもくせい》の小花がほのかな芳香《ほうこう》を漂わせている。

この家で、香織は待望の末に恵まれた赤ちゃんと、毎日満ち足りた日々を送っているに違いない。

羨望《せんぼう》に近い感慨を抱きながら、涼音は門の呼び鈴を押した。

「いらっしゃい、待ってたのよぉー」

だが、よろめくようにして玄関に現れた香織の姿に、涼音も瑠璃も一瞬言葉を呑《の》み込んだ。

化粧けのない顔は青白く、眼の下にははっきりと隈《くま》が浮いている。

いつも綺麗《きれい》に結《ゆ》い上げられていた明るくカラーリングされた髪は、ゴムで無造作に一つにまとめられているだけで、生え際に白髪交じりの地毛が出ていた。もう半年近く、美容院にいっていない証拠だった。

同じすっぴんでも、二十代の瑠璃と四十代の香織では、残酷なほどに、その見え方に歴然とした差がある。

襟《えり》ぐりの伸びたティーシャツに、ジャージのズボン。着ている服も、以前の香織からは想像できない大雑把《おおざっぱ》さだ。

「さ、入って、入って。散らかってるけど」

それが謙遜《けんそん》や言葉の綾《あや》でないことを、リビングに入った瞬間実感する。

このところ天気が悪かったせいもあるのだろうが、あちこちに部屋干しの洗濯物がぶら下がり、テーブルやソファの上には、なにかの書類が山積みになっていた。

「ごめんね、本当に。お掃除《そうじ》ロボが仕事してくれてるから、埃《ほこり》だけはないと思うんだけど」

香織が書類の山をどかしてくれた場所に、涼音と瑠璃はおずおずと腰掛ける。

「今日、春樹ちゃんは……？」

「お義母《かあ》さんの家で預かってもらってる。あの子、夜型だから、昼は大丈夫だと思ったのに、大変だったの。寝てるところを見計らってうちに戻ろうとしたら、まるでセンサーでもついてるみたいに大泣きするんだもの」

香織がハーッと深い息をついた。その顔つきは、存外に険しい。とても、赤ちゃんと満ち足りた日々を送っているようには見えない。

「赤ちゃんにも、夜型とかあるんですかぁ」

瑠璃が眼を丸くする。

「大抵の赤ちゃんは夜型みたい。昼は比較的寝てるんだけど、夜は、数時間おきに眼を覚まして、大泣きするの。授乳《じゅにゅう》だったり、オムツだったり、理由が分かるのはまだましなほうで、意味不明の大泣きが一番多いかな……」

ソファに身を投げ出すようにして座った香織は、完全に疲れ切っている様子だった。

こんな中、訪ねてきてしまって本当によかったのだろうか。

涼音は俄然《がぜん》不安になってきた。傍らの瑠璃も同じ思いなのか、珍しく神妙な表情を浮かべている。産後の母親は大変だとは聞いていたが、正直、これほどだとは思わなかった。

それに、聡明で人当たりがよく、なにをするにもそつのない香織なら、理解のある旦那《だんな》さんと、お姑さんの力を借りて、初めての子育てでも易々《やすやす》とこなしているに違いないと思い込んでいた。

ところが、今の香織は頰がこけ、顔つきまでがすっかり変わってしまっている。

「あの、香織さん。なんか、すみません。お忙しい中、押しかけちゃって……」

「そんなことない！」

涼音が言いかけるなり、香織が叫ぶような声をあげた。

「私、今日をずっと楽しみにしてたの。本当は、もっと早く二人に会いたかった。でも、最初のうちは二時間おきに授乳しなきゃいけないような状態で、さすがに無理だったから。これでも随分、我慢したのよ」

一気にまくしたてた後、香織はぎゅっと両手を組んだ。

「この半年近く、私、夫と母と義母以外とは、ほとんど誰ともまともに会話してなかったの」

香織の眉間に、これまで見たことのない縦《たて》じわが寄る。

「どこかに出かけようにも、オムツの替えとか、粉ミルクとか、湯冷ましとか持たなきゃならないから、キャンプ並みの大荷物になっちゃうし。買い物や健診にいくだけで手いっぱいで、おちおち散歩にもいけないし。子供がいつ大泣きするか分からないから、カフェで一息つくなんて絶対無理だし……」

ぶつぶつ呟くうちに、組んだ手がわなわなと震え出す。

「あ、あの、香織さん、大丈夫ですか」

涼音はいささか圧倒された。

以前の香織はこんなふうに、怒濤《どとう》のように話すタイプではなかった。いつも穏《おだ》やかな笑みを浮かべ、皆の話を聞いている側だった。

しかし、今は人が変わったように言葉がとまらない。

香織は本当に、この半年、家族以外の人たちと会話していなかったのかもしれない。

「それにね」

ようやく得た話し相手を逃さぬとばかりに、香織がテーブルの上にずいと身を乗り出す。

「ママ友ができないの」

「ママ友……？」

涼音は瑠璃と顔を見合わせた。

「そう！　ママ友！」

香織が悲痛な声を張り上げる。

「子供さえ産めば、すぐにママ友ができると思ってたの。でも、全然そんなことなかった。入院中仲良くしてるのは、私より一回り以上若い、二十代、三十代のママばっかり。そこへずかずか入っていくことなんてさすがにできないし。四十代で初産《ういざん》のママなんて、近くに誰もいない。ネットやSNSでは、アラフォーのママ友たちが楽しそうにしてるのに、実際問題、どこで自分と同じ世代のママ友に出会えるのか、さっぱり、ちっとも、分からない！」

「いやいやいや、香織さん、ちょっと考えすぎですよぉ」

興奮する香織を、瑠璃がなだめにかかった。

「歳《とし》なんて関係ないですってぇ。香織さん、若いし、綺麗だし、話だって合うしぃ」

「そうですよ」

涼音もすかさず相槌《あいづち》を打つ。

ラウンジでは、香織を中心に、二十代も三十代も四十代も、世代ギャップなどなく、一つにまとまっていたではないか。その事実は、穏やかな香織の人となりによるところが大きかったはずだ。

「それは、仕事だからでしょ」

だが、香織は醒《さ》めた眼差《まなざ》しで呟くように言う。

「今回、私は思い知ってしまったの。会社から一歩外に出ると、私はただの〝高齢出産者〟なんだって」

高齢出産者――。社内では、上からも下からも信頼されている香織が疲労と孤独を滲《にじ》ませていることに、涼音は改めて戸惑いを覚えた。

正直、〝ママ友〟なんて、未婚の自分にとっては煩《わずら》わしいもののように感じられてしまう。けれど、四十代で初めて出産を経験した当の香織からすれば、産後の不安と子育ての大変さを分かち合える〝ママ友〟と巡《めぐ》り合えなかったのは、世界から取り残されるに等しい大問題だったようだ。

遅い時間に夫が帰ってくるまで、朝から誰とも口をきくことのない状態に、香織は幾度も押し潰されそうになったという。

「でも、帰ってきたら帰ってきたで、〝なんか食べるものない?〟とか平気で言うしね。〝簡単なものでいいから〟ってすぐ言うけど、そんなに〝簡単なもの〟なら、自分で作ればいいじゃないの!」

まるで箍《たが》が外れたかのように、香織は胸の奥に抑え込んでいただろう思いを、とめどなく吐露《とろ》し続けた。

五時間以上に及ぶ陣痛《じんつう》との戦いの末、結局緊急帝王切開になったこと。それを聞いた姑の「あら、自然に産めなかったの?」という無神経な一言。お腹の傷が痛む中での、ほとんど絶え間のない授乳。毎晩の夜泣きによる寝不足。磯子《いそご》に住む母と、近所で暮らす姑が、たびたびヘルプにきてはくれるものの、二人とも孫を奪い合うばかりで、香織が本当にして欲しい家事には案外非協力的であること。

孫をあやす時間よりも、家事を手伝う時間を増やしてほしいと告げたところ、実母からまで「私はお手伝いさんじゃない」と、憤慨《ふんがい》されたそうだ。

「悪いけど、今、この家に本当に必要なのは、孫に好かれたい〝ばあば〟じゃなくて、有能なお手伝いさんだから」と、香織は嘆いた。

夫は朝から晩まで外で働いているので、まったく戦力にならない。

「なのに、子供を可愛がるだけで、イクメン面《づら》なんてしてほしくないのよ」

子供が夜泣きしても、隣でいびきをかいている夫の寝顔に、本気で殺意を覚えたと香織は眼差しを尖《とが》らせた。

「にこにこ笑ってる赤ちゃんが可愛いのは当たり前。私だって、春樹が笑ってるのを見るたび、心の底から幸せになる。どんなに大変でも、あの子が宝物であることに変わりはないの。でも、そういう天使のときだけ猫可愛がりして、大泣きし始めたら、〝やっぱりママじゃないと〟って、私のところへ連れてくる父親ってどういうことよ。オムツなんて誰だって替えられるし、ミルクなら、男でもあげられるでしょう！」

香織のあまりの勢いに、涼音も瑠璃もこくこくと頷《うなず》くことしかできない。

「おまけに、授乳ってものすごく痛いの」

突如ひそめられた声音の真実みに、涼音はごくりと唾を呑み込む。

「これも高齢出産のせいだって、義母は言うんだけど……」

不本意そうに前置きした上で、香織は自分の母乳の出がよくないことを打ち明けた。ところが生命力のかたまりのような春樹君は、毎回食らいつく勢いで乳房《ちぶさ》に向かってくる。そして、乳の出が悪いと知るなり、首を振り回して猛烈に乳首を引っ張るのだそうだ。

「もう、痛くて、痛くて……。ちっちゃい唇に、どうしてあんなすごい力があるんだろう」

香織はトレーナーの上から胸を押さえた。

授乳というと、穏やかな表情で幼子《おさなご》を胸に抱く聖母マリアのようなイメージしかなかったため、生々しい話に涼音は圧倒されてしまった。

あまりにつらいので、香織は現在、母乳とミルクを併用して春樹君を育てることにしているという。だが、近所に住むお姑さんは完全母乳にこだわりがあるため、これまで良好だった関係に、にわかにひびが入り始めているらしい。

「あれ、見て。頼みもしないのに、義母が送って寄こすの」

部屋の隅に積まれている段ボール箱を、香織が顎《あご》でさし示した。

「全部ウイキョウのエキス。飲むと母乳の出がよくなるって話だけど、どこまで信憑性《しんぴょうせい》があるんだろうね」

やつれた頰に、苦々しい笑みが浮かぶ。

「どの道、そろそろ離乳食に変わるのに。でも、そうなったらなったで、お手製じゃないととか、またいろいろ言われるんだろうな。本当に余計なお世話だよ。ウイキョウだって、私が自分で飲みたくて飲むならいいけど、強制されると、なんだか……」

堰《せき》を切ったように話し続けていた香織の言葉が、突然途切れた。

香織はうつろな表情で、積みっぱなしになっている段ボール箱をぼんやりと眺めている。

「香織さん？」

涼音が呼びかけた途端、香織はハッと我に返った。

「ご、ごめんなさい。私、お茶も出さないで、こんな話ばっかり……。すぐお茶淹《い》れるね。授乳があるからカフェインは控えてるんだけど」

いつもの気遣いを取り戻し、香織が大いに恐縮しながら席を立つ。

「手伝いますよ」

「いいの、いいの。座ってて」

香織は押しとどめようとしたが、涼音も瑠璃も一緒に台所に立つことにした。

食洗器のおかげか、キッチンはリビングほど荒れてはいなかった。ラウンジの配膳室《パントリー》の要領で、涼音たちは茶葉から丁寧《ていねい》にカフェインレスのハーブティーを淹れた。

「こんなの、本当に久しぶり」

リビングに戻ると、香織がようやく見知った柔らかな笑みを浮かべながら、大きなポットを傾ける。洗濯物や書類だらけの雑然としたリビングに、アップルカモミールティーの甘い香りが漂った。

「これ、飛鳥井《あすかい》シェフからです」

涼音がお皿に並べたプティ・フールを差し出す。

和栗のモンブラン、スイートポテト風フィナンシェ、カボチャの種を飾ったパンプキンスコーン……。

オータムアフタヌーンティーの人気スイーツばかりだ。

「飛鳥井さんのスイーツ、懐かしい。早速いただきましょう」

書類を押しやり、三人でテーブルを囲む。

モンブランを一さじ口に入れた瞬間、突如、香織の瞳から、ぽろりと涙が零《こぼ》れ落ちた。

「わ！　香織さん、どうしましたぁ？」

気づいた瑠璃が仰天《ぎょうてん》する。

「美味しくて……。それに今日、二人に会えたことが嬉しくて……」

肩を震わせて泣き出してしまった香織のことを、涼音は決して大げさだとは思えなかった。

お菓子はご褒美《ほうび》――。

祖父、滋の口癖が脳裏をよぎる。

旦那さんもお姑さんもお母さんも、それぞれ気を遣ってはいるのだろうが、お腹を切り開き、乳房を吸われ、文字通り、満身創痍《まんしんそうい》になって頑張《がんば》ってきた香織には、誰よりもそれを受け取る権利がある。

きっと香織は、お茶の時間など思い出すこともできない毎日を送っていたのだろう。

自分はなにもできないけれど、こうして一緒にお茶を飲むことならできる。

サクサクしたクッキー生地の上に絞《しぼ》られたマロンクリームの中に、和栗の甘露煮《かんろに》がごろりと丸ごと入ったモンブランは、ほんのりラム酒が効いていて、申し分のない美味しさだった。

さすが飛鳥井シェフ……。

定番菓子でありながら、独特の洗練された風味がある。食べ応えがあるのに、しつこすぎず、ひと口ごとに、後を引く。

達也の仕事の確かさに、涼音は素直に敬意を覚えた。

「ラウンジの皆は元気?」

「それが……」

古株だった彗怜が突如辞めてしまったことを伝えると、「そうだったの」と、香織は少し顔を曇らせた。

だが、二杯めのアップルカモミールティーを飲む頃には、蒼褪《あおざ》めていた香織の頰に、ほんの少し血の気が戻ってきた。

「私もなんとか来年には復帰したいんだけど。見て、これ。全部、保育所の資料なの」

トースターで温めたパンプキンスコーンを頰張りながら、香織が散乱している資料に手を伸ばす。

「うちはフルタイムで共働きだから、ある程度の利用指数はとれるんだけど、今どき、ほとんどの家庭が同じ条件でしょうしね」

利用指数というのは、その家庭の「保育の必要度」を点数化したもので、その点数によって国が定めた設置基準を満たす「認可保育所」に入れるか否《いな》かの判断がなされるという。

「うちの区では五つの認可保育所に申し込みができるんだけど、どこを選べばいいか見当もつかないから、一つ一つ資料を取り寄せて、見学するしかないのね。それが予約するだけでも大変で……」

子育てと同時進行で、所謂《いわゆる》「保活」を行わなければならないのがまた一苦労なのだと、香織は深い溜め息をついた。

認可に落ちたときの「すべりどめ」として、国ではなく都の定めた設置基準を満たす認証保育所、認可外の保育所も当たっておかなければならない。

「少子化、少子化って言われながら、待機児童が一向に減らないのが現実なの。だからって、がらがらの認可外保育所があったら、それはそれで、こっちも警戒しちゃうし」

香織の眼差しが遠くなる。

「やっぱり、情報交換できるママ友が必要よね」

口コミサイトなども利用しているが、ネット上の情報は、どこまで信用していいか判断に困るという。

「だったら、施設が充実していて、保育士の配置もきちんと国の基準で定められている認可保育所に入れるのが、やっぱり安心じゃない」

認可保育所の保育料は、前年度の親の所得によって決められる。両親ともに正規社員である香織の家の場合、保育料は相応に高く設定されることになる。それでも、運営に国からの公費補助が入っている認可保育所は、認可外の保育所に比べれば、ある程度保育料が抑えられる。しかし、そのため多くの家庭から毎年申し込みが殺到し、結果熾烈《しれつ》な競争になってしまう。

現在、必死に情報収集や見学をして、最大数の認可保育所に申し込みをしたところで、来年の一月の通知ですべてが落選している可能性もあるのだそうだ。

「だけど、一番つらいのは……」

フィナンシェに伸ばしかけていた香織の指先がとまった。

「それなら仕事を辞めて、子育てに専念しろって言われることね」

語尾がかすれるほどに小さな声だった。

実際、香織の家は、どうしても共働きをしなくてはならないほど困窮《こんきゅう》してはいないのだろう。シングルマザーや、非正規勤務の家庭に比べれば、確かに「保育の必要度」は低くなる。

「でも、そうしたら私……。母乳の出の悪い、高齢出産者でしかなくなってしまう」

香織が自嘲《じちょう》気味に呟いた。

「だとしたら、私、一体なんのために、ここまで努力してきたんだろう」

涼音は無言でカモミールティーの澄んだレモンイエローに眼を落とす。

部屋の隅に積まれたウイキョウのエキスの入った段ボール箱の無言の圧力。

ラウンジをまとめ、ティーインストラクターや紅茶アドバイザーの資格を持ち、数々のアフタヌーンティーのヒット作を手掛けてきた優秀なプランナーの香織が、母乳の出の善《よ》し悪《あ》しの前で無力化される理不尽。

平成のスイーツ革命を牽引《けんいん》してきたのは、間違いなく、社会で経済力を持つようになった女性たちだ。しかしその裏側で、女性は女性にだけ課される、産む、産まないという選択のプレッシャーにさらされ続けている。

そして出産した後も、自分の人生と子育てを、どこかで天秤《てんびん》にかけられる。

そんな重さ、比べられるわけがないのに。

どれだけ法が整おうと、周囲が理解の体《てい》を装おうと、〝母親〟の重責は、昔も今もたいして変わらない。

香織の裕福そうな環境を羨んでいた自分の単純さを、涼音は情けなく思った。

駅前のブティックで買い物をしたり、緑道で犬を散歩させたりしていた一見優雅な女性たちの背後にも、のっぴきならない現実があるのかもしれない。

「香織さん、これ、めっちゃ美味《うま》いっすよ」

瑠璃が無邪気な表情でフィナンシェをかじってみせる。

「本当だね」

改めてフィナンシェを口に運んだ香織が微笑《ほほえ》んだ。

促されたように、涼音もフィナンシェに手を伸ばす。スイートポテト風味のフィナンシェは、こっくりと甘いはずなのに、微《かす》かに苦い味がした。

帰りの電車の中で、涼音はすっかり考え込んでしまった。

キャリアに資格に家庭。すべてを手に入れているように思えた香織が、孤独と疲労に苛まれている現実。とても、仕事の相談など持ちかけられる雰囲気ではなかった。

〝それこそ、余計なお世話だけど……〟

帰り際、香織は言いづらそうに告げた。

〝もし子供が欲しいなら、出産は早いほうがいいと思う。とにかく、体力もいるしね〟

海外セレブの高齢出産に勇気づけられていた自分が言えた義理ではないのだけれど、と、香織はきまり悪そうに眉を寄せた。

本心から出た言葉だったのだと思う。

でも――。

十年近く前、ありとあらゆる企業のエントリーシートをダウンロードしまくり、必死に就職活動をしていたとき、涼音の眼に飛び込んできた一枚のページ。

桜山ホテルの職種紹介欄で、輝くような笑顔でインタビューに答えていたのは、三十代の香織だ。

涼音だって、仕事が面白くなってきたばかりだ。きっと、これからどんどん、世界が広がっていくのだろう。

社会である程度経験を積んだ三十代は、ようやく自分の力を実感しながら働くことができる。恐らく時間なんて、あっという間に過ぎてしまうに違いない。

それなのに女性には、三十五歳以上からは高齢出産になるという動かしがたい壁がある。

社会人キャリアが真に花開こうとする時期に、高齢出産の壁が迫ってくるジレンマ。

「スズさん、座りましょっか」

瑠璃の声に、涼音はハッと我に返った。眼の前の席が二つ空いている。

「ごめん、ちょっと、ぼんやりしちゃった」

並んで座席に腰かけながら、涼音は無理やり笑みを浮かべた。

「いやあ、結構しんどい現実見ちゃいましたよねぇ……」

心なしか、瑠璃も少しぼんやりしている。

「でも、瑠璃ちゃんは、ちゃんと婚活してるんでしょう？」

そう口にしてから、涼音は自分でも啞然《あぜん》とした。間もなく三十になるというのに、涼音自身は〝婚活〟なんて、とんと無縁だ。とにかくアフタヌーンティーチームの仕事に慣れたくて、それ以外のことを考える余裕がなかった。

第一、自分が結婚したいのかどうかも分からない。

恋人らしい相手がいた時期もあるが、涼音が自分のことに夢中になっているうちに、大抵自然消滅してしまった。

高齢出産の壁が、ぐいっと圧力を増した気がした。

「まぁ、自分は子供欲しいですからねぇ」

瑠璃が腕組みして頷く。

「育休取れる正社員《せいしゃ》のうちに、とっとと結婚して出産したいですよ。この先、会社だって、どこでなにがどうなるか分からないですしねぇ」

今が楽しければ文句はないと割り切る瑠璃は、会社の行く末にも、たいして期待をしていないようだった。

「ま、二十八で第一子は産みたいですね。それが理想年齢らしいし」

とうにその年齢を過ぎている涼音は絶句する。

「だって、私の周囲の男じゃ、一軒家とか、お掃除ロボとか、食洗器とか、望めないですから。体力勝負でいくしかないですよぉ」

淡々と話しつつも、瑠璃は悲愴感《ひそうかん》がないのがあっぱれだ。

「なんか、瑠璃ちゃんって、達観してるね」

「どうでしょう。でも、そうしないと、まじ、やっていけない気がするのかもしれませんねぇ。パリピって、実は打たれ弱い奴《やつ》が多いんすよ。盛り下がるのが怖いから、最初から〝うぇーい〟って言ってるようなもんなんで」

へらへらと笑った後、瑠璃はちょっと真面目《まじめ》な顔になる。

「スズさんは、どうしてそんなに頑張れるんですか」

「え？」

予期せぬ質問に、涼音は虚を衝《つ》かれた。

「だって、頑張ったって、裏切られる可能性のほうが高いじゃないですかぁ。この世の中、色々と」

「えーと……」

涼音は口ごもる。

宴会担当を経て、憧れのアフタヌーンティー開発にかかわれるようになった自分の張り切りぶりは、新卒入社時からラウンジに配属されている瑠璃からすれば、やはり鬱陶《うっとう》しかったのかもしれない。

だけど。

「頑張りたいから、かな……」

口に出すと、バカみたいだった。

一瞬、瑠璃がきょとんとしたのが分かり、涼音は猛烈に恥ずかしくなる。

今を楽しみつつも、きちんと将来を見据えている瑠璃のほうがよっぽど大人だ。

「まあ、そこがスズさんのいいところですよね」

瑠璃が屈託《くったく》なく笑ってくれたことで、幾分かは救われた。

「ごめんね。鬱陶しいよね」

「謝る必要ないですよ。それに、全然鬱陶しくなんかないです。スズさんは、私が頑張ってるんだから、あんたも頑張れとか絶対言わないじゃないですかぁ。働け、産め、輝けとか言ってくる、偉《えら》そうなオッサンのほうがよっぽど鬱陶しいです」

瑠璃はあっけらかんとしているが、涼音はいささか心許なくなった。

自分が眼の前のことだけに夢中になって、将来のことをなにも考えていないような気がしてきた。

還暦《かんれき》を過ぎている母の若かりし時代、マスコミのような特殊な業界ではない限り、女性は結婚したら退職するのが当たり前だったそうだ。寿《ことぶき》退社という言葉は、そうした時代から生まれたのだろう。

それに比べれば、現代に生きる涼音たちの選択肢は多い。

しかし、働いて、産んで、輝くとなると、そこにかかる負荷が尋常《じんじょう》でないことは、香織の現状からも明らかだ。

「うちの母はバブルなんですけどぉ」

涼音の考えを読んだように、瑠璃が話題を変えた。

「バブル世代の女性は、はっきり分かれてたらしいですね。キャリア組と、子育て組に」

かつて就職枠が、営業や企画立案を行う「総合職」と、一般事務のみに従事する「一般職」に分かれていたという話は、涼音も知っている。

本来これは男女共通の枠《わく》だったが、端《はな》から「一般職」を目指す男性はほとんどいなかったので、「総合職」と「一般職」の選択は、往々にして男女雇用《こよう》機会均等法改正後の新卒女性に向けて設けられていたと聞く。

「但し、このキャリア組っていうのがものすごく大変だったらしくて。うちの母は最初は総合職で会社に入ったんですけど、早々にドロップアウトして、でき婚したんですよ」

そうしてできたのがこの私、と、言うように、瑠璃は自らを指さす。

「育児休業の制度とかがちゃんと整う前だったんで、当然、退職して、同期のキャリア組が華やかに活躍してるのを指くわえて見てたらしいんですけど、バブルって、本当にすごかったらしいですよ」

「バブルかぁ」

生まれたときからずっと不景気しか知らない涼音にも、その響きが纏《まと》うきらびやかさは想像ができた。

「新卒三年めくらいの若い女性がチームリーダーになって、ばんばん海外出張とかもいってたんだそうです」

「海外出張……」

海外なんて、涼音は格安ツアーですらいったことがない。本場英国のアフタヌーンティー巡りをしてみたいとは思うけれど、経済的にも時間的にもそんな余裕はなかった。

「なんと、スーツケースやパスポート等の準備代まで会社の経費」

「え！」

「ホテル代はもちろん、渡航先のディナーも全部会社持ち。国内でも接待会食だらけ。なんでもかんでも、経費、経費。とにかく、経費、とことん落ちまくりだったんだそうです」

リサーチのために、自腹で他のホテルのアフタヌーンティーを食べることもある涼音からすれば、これまた夢みたいな話だ。

「ワンレン、ふぁっさーの、眉毛《まゆげ》、ふっとーの、肩パット、びっしーの、ピンヒール、カッツカツーのボディコンおねえさんが、国内外のオフィス街を颯爽《さっそう》と闊歩《かっぽ》しまくってたわけですよ」

講談師のような瑠璃の口調に、ワンレングスのロングヘアをなびかせる、くっきりと化粧を施《ほどこ》した華麗な女性の姿が、涼音の脳裏にも浮かんだ。

結婚や出産なんて、どこ吹く風。働く女性のフロンティアだったバブル世代のキャリア女性たちは、永遠に美しく、強くたくましいはずだった。

「でも、ここからがホラーなんですよぉ……」

瑠璃が急に声を潜める。

「同期の男たちはそれなりに重役になってるのに、そのキャリア組だった女性たち、今じゃほとんど会社に残っていないそうです」

「それって、つまり……」

「どこかで栗鼠《りす》と虎に出会ったんでしょうねぇ」

瑠璃は昭和のオヤジのようなダジャレを口にしたが、あまりふざけているようには思えなかった。

男性以上に猛烈に働いてきた女性たちは、上るだけ上った梯子《はしご》を、ある日突然外されたということか。

「まあ、うちの会社だって、現場は女性ばっかりなのに、経営陣は全員オジサンですもんねぇ」

確かに、と、涼音は部長以上の面々を思い浮かべる。

役員に至っては、ものの見事に初老の男性しかいない。

しかし、それでは、フロンティアだったキャリア女性たちはどこへ消えたのか。

「本当に実力のある人は自分で起業して、今もきらっきらのぎらんぎらんだそうです」

「そうじゃない人は？」

「母曰く、怖くて連絡取れないそうです」

瑠璃の言葉に、涼音も背筋《せすじ》がひやりとするのを感じた。

会社から一歩外に出ると、自分は高齢出産者でしかないと香織は言った。

一方、結婚や出産などどこ吹く風と、仕事に邁進《まいしん》してきた女性たちは、職場を失ったら、一体どこに道を見つければいいのだろう。

アフタヌーンティー開発に夢中になるあまり、婚期を逃し、産期を逸し、最終的にはラウンジを追い出されて、にっちもさっちもいかなくなっている将来の自分の姿が浮かび、涼音は本気で恐ろしくなる。

三十を過ぎれば、いつまでも実家に居座っている訳にもいかない。

やっぱり、自分も婚活を始めたほうがいいのだろうか。

でも、なんのために？

瑠璃のように、本気で子供が欲しいと思っているわけではない自分が婚活する意味はなんだろう。

再び考え込み始めた涼音の肩を、瑠璃が勢いよくたたく。

「やっぱ、今をハッピーに生きるしかないっすね。どうですか、スズさん。新作アフタヌーンティー開発もいいですけど、今週末あたり、うちらとオールで飲み会《パーリー》」

「……それは、遠慮するかな」

「遠慮しないでくださいよぉ」

瑠璃はおどけながら、「じゃあ、また、明日」と乗り換えの駅で電車を降りていった。

パーカーのフードを深くかぶった瑠璃の後ろ姿を見送りながら、涼音は軽く息をついた。

結婚しようが、子供ができようが、働くのが当たり前とされている男性たちは、こんなことで悩むことなどないのだろうな、と、単純に羨ましくなる。

出産は女性にしかできない大事な仕事、と考える向きもある。

確かに子供が産めるのは女性だけ。しかし、だから、育てるのも女性でなければならないのだろうか。

母親が自分の夢を追おうとすると、子供を差し置いて、と非難の視線を向けられる。母親のくせに、なにをしているのかと。

父親だって親なのに。

涼音は口元を引き締めた。

考えれば考えるほど、気分が重くなってくる。

もう、やめよう。

気持ちを切り替えようと、涼音はコートのポケットからスマートフォンを取り出した。ネットニュースをつらつらと眺めているうちに、一つの見出し《ヘッドライン》に眼がとまる。

〝この冬、美しく燃えるクリスマスプディングが登場〟

あれ？　これって。

涼音は軽く眼を見張る。

六本木《ろっぽんぎ》の五つ星外資系ホテルのアフタヌーンティーで、涼音も以前企画書に書いた、火を灯《とも》して食べるクリスマスプディングが提供されるらしい。

同じことを考えている人がいたんだな――。

記事をスクロールするうちに、しかし、涼音は自分の眼を疑った。

〝見た目にも美しい、イギリスの正統なクリスマスデザートをアフタヌーンティーに取り入れようと企画したのは、今回、新しくプランナーに就任した、シャーリー・ウーさん……〟

「えぇぇぇえっ⁉」

電車内にもかかわらず、涼音は大声をあげてしまった。

青い炎に包まれたクリスマスプディングと共に写真に納まっているのは、カメラ目線でにっこりと微笑む呉彗怜だったのだ。


一体、どういうつもりなんだろう。

表参道《おもてさんどう》のカフェのテラスで、涼音は文庫本を片手に、通りを行き交う若い人たちの姿をぼんやり眺めていた。

香織の家を訪ねてから十日ばかりが過ぎ、相変わらずの残暑が続いているものの、街をいく女性たちのファッションは既に秋の装いに変わっているようだった。

涼音は腕時計に眼を走らせる。

早く着きすぎてしまったので、待ち合わせの時間まではまだ少し間があった。

だが涼音は、手元の文庫本に集中することがどうしてもできずにいた。

指定されたのは、最近話題のパティスリーがオーナーを務めるパティスリーに併設されたカフェだ。ノルマンディーのパティスリーで修業を重ね、彼の地《か》の三ツ星ホテルでシェフ・パティシエを務めていたというオーナーの経歴が、専門誌や女性誌でも注目されている。

こうしたスイーツ業界の新しい情報を貪欲《どんよく》にキャッチしている勉強熱心なところは、彼女らしいともいえるのだけれど……。

文庫本をテーブルに伏せ、涼音は改めて店内を見回した。

平日の午前中にもかかわらず、ほとんどのテーブル席が流行に敏感そうな女性たちで埋まっている。テーブルにはハーブを活けた一輪挿《いちりんざ》しが置かれ、硝子のコップに注がれた冷たい水も、仄《ほの》かにミントの香りがした。いかにも女性好みの設《しつら》えだ。

パティスリーに、ギモーブや焼き菓子を買い求めにくるお客も後を絶たない。

お洒落《しゃれ》なパッケージに入った色とりどりの可愛らしいギモーブは、ちょっとした贈り物にうってつけだろう。

贈り物といえば――。

週末、突然、達也から小さな袋を手渡されたことを、涼音ははたと思い返す。

先週、涼音はついに三十回目の誕生日を迎えた。

瑠璃が大げさに「おめでとうコール」をしたので、涼音が三十歳になったことは、あっという間にラウンジ中に広まってしまった。秀夫や他のサポーター社員たちからも、そろって「三十路、おめでとう」と冷やかし半分の声をかけられた。

そのときはまったく無関心に見えた達也から、帰りがけに、いきなり呼びとめられた。

〝これ〟

にこりともせずに渡された袋の中には、達也が現在力を入れている、ドライフルーツと洋酒を組み合わせたケーキが入っていた。

干した果物を洋酒に漬けて戻すと、フレッシュなフルーツとはまた違う濃縮された美味しさが生まれる。アマレットに漬けたドライアプリコットとアーモンドムースを合わせたケーキは、洋酒のほろ苦さが効いていて、まさに三十代を迎える大人の女性にぴったりのエレガントな味だった。

最近、飛鳥井さんって、本当に変わった。

涼音は頬杖《ほおづえ》をついて、表参道のケヤキ並木を見るともなしに眺める。

無愛想なのは相変わらずだが、「妙な爪痕《つめあと》を残そうとするな」と、冷たく牽制《けんせい》されていた当初に比べると、随分印象が異なる。

あの頃は、本当に嫌な奴だと思っていた。

でも、今は……。

シェフ・パティシエになっても、一人で試作品を作っている勉強熱心な後ろ姿が目蓋に浮かぶ。

支えている頬が、いつの間にか微かな熱を帯びていることに気づき、涼音は自分でもぎょっとした。

なに、のぼせてるの！

頬杖を外し、大慌てで首を横に振る。

あれを贈り物と思うのは、さすがに自意識過剰だ。

たまたま誕生日と聞いたから、試作品を包んでくれただけだろう。

よく考えてみれば、達也は愛想がないだけで、元々案外親切なのだ。常連の京子がアフタヌーンティーを半分も食べないままラウンジを出ていったときも、日持ちのするプティ・フールをテイクアウト用の紙バッグに詰めてきてくれたし、涼音たちが香織の家を訪問するときだって、手《て》土産《みやげ》用にスコーンやフィナンシェを見繕ってくれた。

そうした優しさになかなか気づけなかったのは、調理場を束ねるシェフ・パティシエとして率直に意見を言う達也のことを、涼音が端から嫌な奴だと決めつけていたからだ。

達也が変わったわけではなく、自分がようやく、その人の本質に気づけるようになっただけなのだろう。

別に、自分だけが親切にされているわけではない。こんなことで、仕事仲間を変に意識するなんて、あまりに子供じみている。

しっかりしなくっちゃ。

ミントの香りがする水を飲み干し、涼音は姿勢を正した。

調子に乗って勘違いしそうになっている自分を知られたら、今度こそ達也から本当に軽蔑《けいべつ》されてしまうかもしれない。

せっかく、香織の後任として認められつつあるのだから、もっと落ち着いていなければ。

努めて冷静になると、もう一つ、気がかりなことが脳裏に浮かんだ。

年末年始、桜山ホテルでは、バンケット棟のレストランに、マンハッタンでミシュランの二つ星を獲得した、アメリカ人シェフを招聘《しょうへい》することが決まった。涼音たちが担当するホテル棟のラウンジでも、何品かコラボ用のメニューを用意する予定だ。それに伴い、会議では英文の資料が配布されることが増えてきている。

英文資料に眼を落とす達也の姿を見るたび、涼音は内心ひやひやしてしまう。

涼音の推測が正しければ、達也にはローマ字の綴《つづ》りを単語として認識できない識字障害《ディスレクシア》がある。

もっとも、それを単刀直入に指摘してしまったときには、激しく拒絶された。

〝俺がディスレクシアだったとして、チームになにか迷惑をかけたことがあったか！　一度でも、満足のいかないジュレやムースやガトーを作ったことがあったかよ！〟

あのときの達也の剣幕を思い返すと、今でも心臓がひゅっと縮みそうになる。

つい、良かれと思って口出ししてしまったが、誰にでも触れられたくない部分があるのは、当然のことだ。

君まで、俺が〝普通〟じゃないって言うつもりか――。

達也はそう呟いた。

恐らく過去に、達也は「普通ではない」という言葉に、いたく傷つけられたことがあったのだろう。

でも。

涼音は思わず考え込む。

〝普通〟って、一体なんだろう。

兄が家に置いていった発達障害や学習障害の子供を持つ親のための本を読むたび、涼音はここに書いてある子供の症例のいくつかは、自分の子供時代にも当てはまるのではないかと感じることがあった。

たとえば、一つのことに夢中になると、周囲に気を回せなくなってしまうことや、うっかりミスが多いことや、忘れ物が多いことなど。思い当たることがいくつもあった。

涼音は小学校の低学年時代、自分がクラスの女子から仲間外れにされていたことに気づけなかったという、今考えると、どうかしているとしか思えない過去がある。

その頃から涼音は自然が大好きで、校庭の花や緑を見ていれば、クラスの女子が誰も自分に話しかけてこなくても、たいして気にならなかった。そういうところが、クラスの中心にいた女子の気に障《さわ》ったらしい。「あの子と口をきいてはいけない」とお達しが出ていた涼音に話しかけてくれた優しい女の子が、クラスの中心の女子から責め立てられたことで事態が発覚した。

当時の自分が、もし診断を受けていたら、仲間外れに気づかなかった時点で、発達障害を疑われていたのではないかと、涼音は思う。

しかし同時に、「あの子と口をきいてはいけない」とクラス中にお触れを出した女子が、小学校のクラス会で再会するなり「久しぶり！」と親しげに手を握ってきたり、当時はなにも言おうとしなかった男性担任教師が、「女子って嫌だよな」と、自分も被害者だったと言わんばかりに同意を求めてきたりしたことのほうが、涼音にはよっぽど「普通ではない」ように感じられる。

なにが普通で、なにが普通じゃないんだろう。

突き詰めると、よく分からなくなってくる。

今も自分に独善的な傾向があることは否めないが、涼音はなんとか社会生活を営むことができている。

けれど、そこには、周囲の理解と助言があることも事実だ。

達也が拒絶する以上、もうお節介なことをするつもりはないが、それでも、涼音はやはり気になった。

テレビ番組の収録直前に、イギリス人ジョッキー、クレア・ボイルからの直筆メッセージを渡され、脂汗《あぶらあせ》を流していた達也の様子が脳裏から離れない。

本当に、このままでいいのかな……。

すっかり考え込んでいた涼音《リャンイン》は、背後から人が近づいてくる気配にまったく気づけなかった。

「お待たせ、涼音」

突然、声をかけられ、飛び上がるほどに驚いてしまう。

「どうしたの？　お化けでも見た？」

涼音の驚愕《きょうがく》ぶりに訝《いぶか》しげに眉を寄せているのは、スタイリッシュなスーツに身を包んだ呉彗怜だった。

「ごめん、ちょっと考えごとしてたから……」

「また、新しいプランのことでも考えてたの？　リャンインは、本当にアフタヌーンティーが好きだよね」

からかうように覗《のぞ》き込まれ、涼音は少々緊張を覚える。

外資系ホテルのプランナーに就任した彗怜は、艶《つや》やかな黒髪を高く結い上げ、一層あか抜けて綺麗になっていた。

「好久没見了《ハオジョウメイジェンラ》（久しぶり）」

前の席に腰を下ろし、彗怜が長い脚を組む。

「……好久没見了」

涼音もかろうじて答えた。

本当に、どういうつもりなんだろう――。

屈託のない笑みを浮かべている彗怜に、改めてそう思わずにはいられない。

先日、彗怜からメールが届いた。開いてみると、誕生祝いのメッセージカードだった。

〝転職したんだね〟

そう返信すると、すぐに新しいメールがきた。

〝知ってるんだ。じゃあ、もう、これも見ちゃった？〟

新着メールには、帰りの電車の中で読んだ、あのネットニュースのアドレスが添付されていた。

もちろん、彼女が企画したクリスマスプディングはイギリスの正統なデザートで、涼音の専売特許ではない。だから、この件で彗怜を責めるのはお門違《かどちが》いだということくらい、重々承知している。

でも、それならそれで、なにか事前に一言あってもよかったのではないだろうかと、涼音は今でも思っている。

こんなふうに、今になって、自分を呼び出すくらいならなおさらに。

それでも涼音は、「今度の休みに会いたい」「休みは自分が涼音に合わせる」と告げてきた彗怜を、無視することはできなかった。

「もう、なにか頼んだ？」

「まだだけど」

「それじゃ、偵察《ていさつ》ついでに本日のスペシャリテでも注文しようよ」

涼しい顔でメニューを見ている彗怜の横顔を、涼音はそっと窺《うかが》う。そこに、悪びれたものは微《み》塵《じん》もない。

どこかで裏切られたような気分になっているのほうが、間違っているのだろうか。

スタッフを呼んでオーダーを済ますと、彗怜は正面から涼音を見た。

「リャンインは、私に怒ってるの？」

単刀直入に切り込まれ、涼音は返す言葉を失った。

途端に、彗怜が噴き出す。

「リャンインは正直者。私はリャンインのそういうところが好き」

ひとしきり笑った後、彗怜は表情を引き締めた。

「でも私は、なにも悪いことはしてない。リャンインのボツになった企画を、もっとシーンに合った場所に持っていって、プランを実現させただけ」

彗怜の言うことはもっともだ。火を灯して食べる少々刺激的なプディングは、外資系ホテルのラウンジのほうが客層に合っていると、彗怜は元々指摘していた。

「怒ってはいないよ」

正直者と笑われたついでに、涼音は率直な気持ちをぶつけることにする。

「ただ、事前に転職のことを教えてほしかった」

「なんで」

ところが即座にそう返され、戸惑った。

「なんでって……」

「友達だから？」

曖昧に頷くと、彗怜はふっと冷めた笑みを漏らす。

「老好人《ラオハオレン》……」

「え、なに」

意味が分からず聞き返した涼音にかまわず、彗怜が続けた。

「私はリャンインが好きだよ。だから、アドバイスもしたし、中国語も教えた。でも、立場は違う」

「立場？」

「私、ずっと、桜山ホテルの正社員になりたくて、登用試験も何度も受けてた。でも、結局、サポーター社員のままだった」

淡々と告げられ、涼音は言葉を吞む。

初耳だ。

中国語はもちろん、英語も日本語も流暢《りゅうちょう》に操るトライリンガルの優秀な彗怜がサポーター社員でいるのは、小さな子供を持つ彼女自身が、残業のない勤務形態を選んでいるからだと思い込んでいた。

「香織《シャンチー》が産休を取ることになって、私は期待したよ。でも、シャンチーは、私を後任に推薦《すいせん》しなかった」

綺麗にエナメルを塗《ぬ》った指先が、涼音に突きつけられる。

「代わりにリャンイン、あなたがきた」

茫然《ぼうぜん》とする涼音を前に、彗怜は肩をすくめた。

「シャンチーはいい社員。ちゃんと会社のこと、考えてる。元々正社員のリャンインを異動させるほうが、会社にとっては楽だものね。でも、きっと、それだけじゃない」

彗怜が、少し意地の悪い笑みを浮かべる。

「シャンチーは、私が怖かったんだ」

「怖かった？」

思わず聞き返せば、「そう」と深く頷かれた。

「リャンインに会って、一緒に働いてみて、それがよく分かった。だって、リャンインはラオハオレンだもの。絶対、シャンチーを出し抜いたりしないでしょ」

答えられない涼音の前で、彗怜は腕を組む。

「正社員はいいよね。雇いどめはないし、産休もとれるし、もちろん育休もとれる。前のホテルでも契約社員だった私は、最初の子供を産んだとき、なかなか保育園が決まらなくて、結局契約解除されるしかなかったんだ。でも、正社員が手厚い保護を受けている間、その穴埋めをしているのは一体誰？　契約や派遣の非正規スタッフなんじゃないの？　そういうことを抜きにして友達ごっこできるほど、私は好人《ハオレン》（いい人）じゃない」

注文したカフェオレとスペシャリテの柿のタルトが運ばれてきて、彗怜は一旦、言葉を切った。

柿のゼリーよせを載《の》せたタルトは見た目にも美しかったが、涼音はそれを楽しむ気分にはなれなかった。

ラウンジは香織を中心に一つにまとまっていると、ずっと疑うことがなかった。誰よりも頼りになるサポーター社員の彗怜が、心にそんな思いを秘めていたなんて、想像もしていなかった。

だが、正社員である自分が、サポーター社員に頼るという事態こそが、そもそも間違っていたのではないだろうか。

彗怜が言うように、正社員とサポーター社員では、給与も、保険も、待遇も違うのだから。

「でもね、シャンチーは正しいよ。私が後任になったら、絶対、シャンチーを出し抜くもの」

タルトにフォークを刺しながら、彗怜が続ける。

「だけど、それは当たり前のこと。シャンチーが休んで子育てしている間に、こちらは必死になって働くんだもの。立場が変わるのは当たり前」

きっぱりと告げてから、彗怜はタルトを口に運んだ。

「あ、面白い食感。これ干し柿なんだ」

彗怜の呟きに、涼音もフォークを手に取る。一口食べてみたが、残念ながらあまり味がしなかった。

「リャンインは随分頑張ってアフタヌーンティーの開発をしてるけど、来年、シャンチーが戻ってきたら、あっさりその立場を明け渡すつもり？」

タルトをもそもそと食べていると、再び彗怜が問いかけてきた。

〝今回、私は思い知ってしまったの。会社から一歩外に出ると、私はただの「高齢出産者」なんだって――〟

香織の独り言が甦り、涼音はどう答えてよいのか分からなくなる。

産休中の香織も、決して楽なことばかりではないようだった。香織は香織で、悩み苦しんでいる。

けれど、香織が戻ってきたら、また一緒に楽しく働こうと単純に考えていた自分が、急に幼稚《ようち》に思えてきた。

重ねてきた努力を認めて、香織は自分を後任に抜擢してくれたのだと、ずっと信じていた。

でも、それだけではなかったのかもしれない。

優秀で野心家の彗怜ではなく、自分を後任に選んだのは、香織自身の保身のためでもあったのかも分からない。

涼音の心が重く沈んだ。

「無理に答えなくていいよ。それはリャンイン自身の問題だから」

タルトを咀嚼《そしゃく》しながら、彗怜があっさりと首を振る。

もう、それは、自分とは関係のないことだと考えているようだった。彗怜はどこまでも冷静で論理的だ。

「それと、リャンイン、余計なお世話かもしれないけど……」

タルトを食べ終えた彗怜が、紙ナプキンで唇をぬぐう。

「飛鳥井さんがディスレクシアなこと、公《おおやけ》にしないほうがいいと思う」

思いがけない言葉に、涼音ははじかれたように顔を上げた。

「知ってたの?」

「この前、二人が話してるのを偶然聞いちゃったんだ」

パントリーでのあのやり取りを、バックヤードから出てきた彗怜に聞かれていたらしい。

「差別はね、あるよ」

彗怜がじっと涼音を見つめた。

「皆が皆、リャンインみたいにラオハオレンなわけじゃない。自分の身近な場所に差別がないと思っているのは、これまで誰にも差別を受けたことがない、びっくりするほど心が健康な人だけだよ」

ずっと理詰めで話してきた彗怜の口調が、ふいに暗く揺れる。

「うちの子はね……。幼稚園で中国語を喋《しゃべ》っただけで、友達どころか、先生からまで仲間外れにされたことがある」

ほんの一瞬浮かんだつらそうな表情に、涼音はハッと胸を衝かれた。

こんなに優秀な彗怜がこれまで正社員になれなかった理由は、その国籍とも関係があるのだろうか。

「私は日本語も英語も喋れて優秀だって、皆が褒《ほ》めてくれる。でもね、その気になって、皆と同じ場所に立とうとすると、〝それは違う〟って、いきなりシャッター下ろされちゃうようなこと、これまでも一杯経験してきた」

淡々とした口調だったが、そこには異郷《いきょう》に生きる人の悔《くや》しさが滲んでいた。

「でも、だからこそ、どこの世界でも多様性《ダイバーシティ》なんていう口号《コウハオ》（スローガン）が流行するんだよ」

彗怜は口角をきゅっと引き上げる。

沈鬱《ちんうつ》な面差しは幻のように消え、もう強《したた》かな呉彗怜に戻っていた。

「私はそれに乗っかって、転職したわけだけどね。外資は年俸制だから、日本企業みたいに保障は厚くないけど、能力次第で賃金は上がるから、今は満足してる」

カフェオレを飲み干し、彗怜はまっすぐに涼音を見据える。

「ラオハオレンもいいけど、リャンインも、自分の努力を誰かに利用されないようにね。正当な報酬《ほうしゅう》を得られない努力はしては駄目。それは、リャンインにとっても、他の人たちにとっても、結局、良い結果にはならないんだよ」

その眼差しには、強い意志が宿っていた。

「今日は私のおごり。クリスマスプディングのアイデアをもらったお礼。私はこれでやっと、リャンインを本当に友達だと思うことができるようになった。リャンインが私を嫌いになっても仕方がないけど、私がリャンインを好きなことに変わりはない」

涼音の答えを待たずに、彗怜は伝票を手に立ち上がる。

「それだけは伝えておこうと思ったの」

言うなり、彗怜はさっさと会計に向かっていった。

ラウンジでいつも見ていた背筋の通った後ろ姿を、涼音はただ黙って見送ることしかできなかった。


その日、涼音はそのままなにもせずに家に帰ってきた。

せっかく表参道まで出かけたのだから、他の人気パティスリーを回ったり、お洒落なカフェでランチを食べたりすることもできたのだろうけれど、とてもそんな気分になれなかった。

昼食を作ろうと台所に入ったものの、自分がなにを食べたいのか分からない。

冷蔵庫の扉をあけたまま、涼音はぼんやりと視線を漂わせた。

時刻は既に三時を過ぎている。空腹なはずなのに、冷蔵庫の中のどの食材を見ても、たいして食指が動かない。

小さく溜め息をつき、涼音は冷蔵庫の扉を閉めた。

老好人《ラオハオレン》。

繰り返された中国語の意味を、先程辞書で調べてみた。

おひとよし――。

その言葉には、日本語同様、多少の嘲《あざけ》りの意味が込められているのは明らかだ。

〝これまで誰にも差別を受けたことがない、びっくりするほど心が健康な人〟とも、呉彗怜は言った。

そんなことないよ、彗怜。

涼音は心に呟く。

〝あれだけ必死になってりゃ、当然だよ〟

〝なんか知らないけど、変に頑張っちゃってさ……〟

自分が張り切るたび、背後で囁かれた陰口が、生々しく甦った。

確かに、涼音はなにかに夢中になると、周囲が見えなくなる傾向がある。

人の心の機微にも、なかなか気づくことができない。

〝あの子と口をきいてはいけない〟

だから、小学校でも仲間外れにされた。

そういう自分の単純さや鈍感さを悟るたび、涼音もまた傷ついてきた。

自分は、己《おのれ》にとって都合の良い面しか見ることができないのだと。

今回も、彗怜の本音に気づくことなく、その優秀さに頼ってしまっていたことを、涼音は深く恥じていた。自分にとっての待望の異動が、彗怜のかねてからの期待を打ち壊すものだったとは、夢にも思っていなかった。

それなのに、彗怜は割り切って、私に助言したり、中国語を教えてくれたりしていたんだ。

正社員と契約社員の待遇の格差に秘められた屈託に気づかず、彼女を〝友人〟だと思っていた自分は、ただの甘ったれだ。

異動は努力を認められての抜擢だと、固く信じ込んでいた。

でも、本当は……。

香織は出し抜かれるのが怖かったのだと指摘した、彗怜の確信に満ちた表情がちらつく。

私のほうが御《ぎょ》し易《やす》かっただけ、なのかな――？

香織が産休から戻ってきたら、今の立場をあっさり明け渡すつもりかという彗怜の問いかけが、ぐるぐると頭の中を回る。

皆で力を合わせて働く、なんていう理想は、正社員という立場に護《まも》られた自分だから口にできる、綺麗ごとに過ぎないのか。

育休の取れる正社員のうちに子供を産みたいと言っていた瑠璃は、しかし、その会社自体が今後どうなるか分からないとも言っていた。

今後どんどん少なくなっていくであろう椅子を奪い合わずに、気持ちよく働いていく方法は本当にどこにもないのだろうか。

ずっと憧れてきた華やかなラウンジが急に殺伐《さつばつ》とした場所に感じられ、涼音はにわかに疲労を覚える。

結局、なにも作る気になれないまま、キッチンテーブルの椅子に腰を落としたとき、台所の入り口に人影が立った。祖父の滋が袋を手に台所に入ってくる。

「お、涼音、今日は休みか。ちょうど良かった」

滋が満面の笑みをたたえ、袋を差し出してきた。中には、熱々のあんまんが三つ入っていた。

「そこのコンビニで、今日から売り始めたんだ。お前も一つ食べないか」

祖父が相変わらず三時のおやつの習慣を守っていることに気づき、涼音は椅子から立ち上がった。

「それじゃ、お茶を淹れるね」

お湯を沸かし、緑茶の用意を始める。勝手知ったる作業なのに、気分を持ち直せない涼音は、たびたび上の空になって手をとめた。

「涼音、お前、どうかしたのか」

滋と兄の湯呑みを間違えて出しそうになったとき、ついに訝しげに声をかけられた。

「おじいちゃん、ごめん」

どうにかお茶を淹れ、涼音は項垂《うなだ》れる。

「ちょっと、色々、自信がなくなっちゃって……」

「一体、なにがあったんだ」

滋が向かいの椅子に座った。

「いいから、話してみろ」

言い渋る涼音に、滋が畳《たた》みかけてくる。

湯呑みを手渡しながら、涼音はぽつぽつと事のあらましを語った。あんまんが冷めるのも構わず、滋は話に耳を傾けてくれた。

「結局私は、自分の見たいものしか見てこなかったんだと思う」

誰の本音にも気づくことができず、ただ単純に、自分の努力が認められたのだと信じ込んでいた。

しかし、現実は、涼音が思っているように簡単ではなかったようだ。

「でも、その先輩はお前に優しくて、その仕事仲間はお前にとって頼もしかったんだろう？」

黙って聞いていた滋が、やがて口を開く。

「それは……、そうだけど」

「だったら、それで、いいじゃないか」

お茶を一口飲み、滋があんまんをかじった。

「現実なんてのは、いつだって、厳しいもんだ。それが分かったうえで、美しい面を見るのも一つの覚悟だ」

あんまんを咀嚼しながら、祖父が続ける。

「俺は、昔、〝浮浪児《ふろうじ》〟と呼ばれた時期があってな、その頃は、かっぱらいでも、掏《す》りでも、追《お》い剝《は》ぎでも、なんだってやったもんだよ」

「おじいちゃんが？」

「ああ、そうだ」

半信半疑で聞き返すと、深く頷かれた。

涼音の祖父、滋は戦災孤児だった。東京大空襲で家を焼かれ、たった一人生き残った滋は、迎えにくるという親戚からの伝言を信じ、上野《うえの》の駅前に何日も立ち続けていたそうだ。だが、どれだけ待っても、母方の親戚も父方の親戚も、誰も現れなかった。

「あの頃は、食料も不足して、どこの家にも余裕はなかったからな……」

当時のことを思い出したように、祖父が遠い眼差しをする。

「俺と同じ、行く当てのない子供が、地下道にはたくさんいたよ」

自分は見捨てられたのだと悟り、祖父は上野の地下道の片隅で、同じ境遇の子供たちと一緒に生きることを決めた。

「保護されるまでは、とにかく、人殺し以外、なんだってやったよ。いや、あのまま、地下道に居たら、結局はやくざの使い走りにでもなって、人殺しだってやってたかもしれない」

「おじいちゃん……！」

あまり昔の話をしようとしない祖父から初めて聞く言葉に、涼音は驚く。

「本当の話だ」

滋が湯呑みをテーブルに置いた。

「そうでもしなきゃ、生きていけなかった。一人で警察にいくのは、まだほんの子供だった俺には恐ろしかったしな」

ある日、ホームに忍び込んで、田舎《いなか》から出てきたらしい年老いた婦人の荷物を奪おうとしたとき、突然、一人の女性から「おやめなさい」と肩をつかまれた。

いつもなら体当たりして逃げるところだ。

ところが、女性の姿を見た瞬間、少年だった祖父は金縛《かなしば》りにあったように動けなくなってしまったという。

「本当に、女神《めがみ》だと思ったんだ」

少年時代の祖父の前に立っていたのは、着物姿の見たことがないほど美しい女性だった。

「あれは六月の蒸し暑い日だった。東京大空襲があった三月から着の身着のままだった俺は、相当汚く、臭かったはずだよ」

だが女性は、祖父の手を取って「一緒に警察にいきましょう」と諭《さと》した。

「感化院《かんかいん》へはいきたくはないでしょう。あそこへは慰問《いもん》にいったことがあるけれど、とても寂しいところだった、と、その人は言うんだ」

感化院とは、今でいう少年院のようなところだ。番号で呼ばれるそんなところよりは、警察を通じて孤児院へいくほうがましだろうと、女性は祖父を懸命に説得したそうだ。

あまりの熱心さに根負けし、祖父が曖昧に頷くと、女性はにっこりと微笑んだ。それから、持っていた鞄《かばん》から小さな包みを取り出して、父の手に握らせた。

中には、小ぶりの牡丹餅《ぼたもち》が二つ入っていた。

「よく聞き分けてくれました。ご褒美ですよ」と、女性は言った。

あまりのことに祖父はぽかんとしたが、「お上がりなさい」と促され、恐る恐る口にした。

そのときの、脳髄《のうずい》まで痺《しび》れるようなあの美味さ。

「甘いものなんて、久しく口にしていなかったからな。本当に、その瞬間、もうこれで死んでも構わないと思ったよ」

無我夢中で平らげていると、女性は自分のことを語ってくれた。

「その人は、舞台女優だったんだよ。これから広島《ひろしま》の軍需《ぐんじゅ》工場へ慰問公演に向かうところだと言っていた。牡丹餅は、餞別《せんべつ》にとお母さんと妹さんが、大事にとっておいた砂糖と小豆《あずき》と糯米《もちごめ》を放出して、特別にこさえてくれたものだったらしい」

大切な餞別を惜しげもなく与えてくれた女性に伴われて祖父は警察に向かい、その結果、少年保護団体に保護されることになったのだ。

「今でも、あの牡丹餅の味が忘れられない」

やがて、日本が負けて戦争は終わったが、孤児院での日々はつらいことが多かった。

けれど、忘れられない〝ご褒美〟があったから、祖父はどんなに酷《ひど》く大変なことにも、耐え忍ぶことができたという。

住み込みで働くことが決まり、孤児院を出たとき、祖父は自分に〝ご褒美〟をくれた女性にもう一度会いたいと思った。

そして消息を調べていくうちに、「演劇疎開」という名目で広島に慰問に赴いた劇団員が、看板女優を含めて、全員、新型爆弾で死亡していたことを知った。

「その看板女優が、俺にご褒美をくれた女神さまだ」

そこまで話すと、滋はふつりと口を閉じた。

〝涼音、お菓子はちゃんと味わって食べなきゃいけないぞ。寝っ転がってテレビを見ながら食べたり、だらしなく際限なく食べたりしちゃ駄目なんだ〟

〝お菓子はな、ご褒美なんだ。だから、だらしない気持ちで食べてたら、もったいない〟

瞬きと同時に、ぽたりとテーブルにしずくが落ちる。

気づくと、涼音の瞳から涙があふれていた。

子供の頃から繰り返し聞かされてきた祖父の言葉の真意を、初めて知った気がした。

「おじいちゃん……」

涙ながらに呟いた涼音を、滋がいつくしむように眺める。

「現実なんてのは、本当に、いつだって惨《むご》いもんだ。今も昔もな。今は戦争中の世の中とはまったく違うが、お前たちにはお前たちの大変さがあるんだろう。でも俺は、あの人が見せてくれた美しさをずっと心に留めて生きてきた。これからだって、そうだ」

自身に言い聞かせるように頷き、滋は続けた。

「人が生きていくのは苦いもんだ。だからこそ、甘いもんが必要なんだ」

眼の前に、あんまんを載せた皿を差し出される。

「ほれ、食え」

涼音はまだ仄かに温かいあんまんを手に取った。

いつも自分は、己にとって都合の良い面しか見られない。

彗怜から本音を打ち明けられたときからずっと、そんな思いに苛まれていた。

でも、都合の良い面を見ることと、物事の美しい面を見ることは、きっと違う。

香織が自分にとって良い先輩で、彗怜が頼りになる仕事仲間だったこともまた、れっきとした真実だ。

「おじちゃん、ありがとう」

いただきます、と手を合わせて、涼音はあんまんを一口かじった。

柔らかな皮の中から、甘い餡《あん》が滑《なめ》らかに溶け出す。

人気パティスリーのタルトは味がしなかったが、祖父と食べるコンビニのあんまんは、しみじみと美味しかった。

第四話

彼たちのアフタヌーンティー

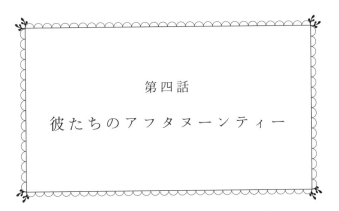

しっとりとしたローストビーフに、茹《ゆ》でても噛《か》み応《ごた》えのあるメークイン。

甘みと酸味が絶妙なザウアークラウトには、クミンのアクセント。

セイボリーの残り物を使ったサンドイッチとはいえ、秀夫《ひでお》の賄《まかな》いは常に一味違う。

ローストビーフの表面に塗《ぬ》られているのは、マディラソースだろうか。

スー・シェフの朝子《あさこ》から追い立てられるようにして遅い昼休憩に入った達也《たつや》は、賄いのサンドイッチのライ麦パンを少しめくってみる。

ローストビーフの表面からは、やはりマディラ酒の香りがした。マディラ酒は、モロッコの沖合にあるポルトガル領マディラ島産の甘口ワインだ。

牛筋《ぎゅうすじ》を煮詰めたフォンドボーとマディラ酒を合わせたマディラソースは、フランスの肉料理には欠かせない。見方を変えれば、マディラソースを使うことで、シンプルな料理でもすぐに華《はな》やかなフレンチ風になる。

コーヒーを一口飲み、達也は椅子の上で軽く伸びをした。既に三時を過ぎているせいか、バックヤードには誰もいない。人気《ひとけ》のないバックヤードの静けさが、達也は嫌いではなかった。

サンドイッチを咀嚼《そしゃく》しながら、再びぼんやりと思いにふける。

最近達也は、高級路線にせよ、ファミリー向けの少し手軽な路線にせよ、美味《おい》しさの決め手は「後味《あとあじ》」にあるのではないかと考え始めていた。言葉で表すなら、美味しかったという「余韻《よいん》」と、もっと食べたいという「持続性」。

そのために大切なのは、良い食材を選ぶことにつきる。どれだけ調理の技術を駆使《くし》したとしても、畢竟《ひっきょう》、料理は食材でできている。

こう言ってしまうと身も蓋もないかもしれないが、その次に有効な手段があるとすれば、恐らくそれは酒を効果的に使うことだろう。

これは調理にも製菓にも共通するセオリーではないかと、達也は考えていた。特に洋酒のほろ苦さと強い香りは、深くて長い余韻を生む。

その点、桜山《おうざん》ホテルの厨房《ちゅうぼう》の洋酒類は豊富で贅沢《ぜいたく》だった。さすがは老舗《しにせ》ホテルの厨房の棚といったところか。

このところ、達也はドライフルーツと洋酒を組み合わせたアントルメ作りに凝《こ》っている。もう少しすると始まるクリスマスシーズンのアフタヌーンティーでも、良質なラムでふっくらと炊《た》いた三種類のレーズンを使用した、芳醇《ほうじゅん》な風味のシュトーレンを作るつもりだ。

クリスマス、か——。

十一月に入ってから、ホテル棟とバンケット棟、両方のロビーに豪奢《ごうしゃ》なクリスマスツリーが飾られているが、気温の高い日が続き、一向に冬らしくならない。

温暖化のせいで、日本の四季も相当曖昧になっている。

四季折々の美しさが楽しめるように、桜山ホテルの日本庭園にはイロハモミジやハウチワカエデなど紅葉の美しい木々がたくさん植えられているのだが、ラウンジの大きな窓越しに見える木立は未《いま》だにほとんど色づいていなかった。これでは、オータムアフタヌーンティーも味気なく感じられてしまうのではないかと、少々心配になるほどだ。

サンドイッチを食べ終えた達也は紙ナプキンで指をぬぐい、ロッカーから持ってきた全体会議の資料と、報告書のファイルを手に取った。

今月の中旬から、ラウンジではクリスマスアフタヌーンティーの提供がスタートする。現在育児休暇中のベテランスタッフ、園田香織《そのだかおり》の後任として、バンケット棟からホテル棟のラウンジに異動してきた遠山涼音《とおやますずね》の発案により、今年、桜山ホテルでは、初めてツーラインのアフタヌーンティーが登場する運びとなっていた。

一つは、雪をテーマにしたホワイトアフタヌーンティー。

もう一つは、これまで人気のあったメニューが再登場するクラシカルアフタヌーンティーだ。

再登場メニューに関しては、常連客によるアンケートと口コミサイトの評判を涼音が精査《せいさ》したデータをもとに、調理班の達也と秀夫で最終調整を行い決定した。

本来、クラシカルアフタヌーンティーは、常連向けのサービスを念頭に置いていたのだが、雪どころか、冬らしさもない天候も関係しているのか、一見《いちげん》のゲストからも予想以上の予約が入っているそうだ。

当初達也は、繁忙期《はんぼうき》にツーラインを回すことになる調理班のスタッフの負担が気になっていた。けれど、スー・シェフの朝子などは、却《かえ》ってこの企画を歓迎してくれた。毎シーズンごとに新しいメニューを考案するより、桜山ホテル名物の桜スコーンやヨモギスコーンのように、プティ・フールにも定着できるメニューが今後増えるのではないかというのが、その理由だ。

彼女が発案した和三盆糖《わさんぼんとう》を使用した米粉のガトーが復活することを、朝子は心から喜んでいた。

否定から入るより、まずは現場の意見をきちんと聞いてみるべきだったのかもしれないな……。

〝妙な爪痕《つめあと》を残そうとするな〟と、新任の涼音を強い言葉で牽制《けんせい》してしまったことを、達也は今では少なからず反省していた。最初こそ、無駄に張り切ってばかりいるように感じられたが、遠山涼音には本当に企画力がある。

桜山ホテル名物の桜アフタヌーンティーに、なにかもう一つ、特色のあるメニューを加えられないか――。

調理班の達也と秀夫が持ちかけた難しいお題にも、涼音は見事に応えてくれた。

来年の春、桜アフタヌーンティーには、ちょっとした〝仕掛け〟メニューが入る予定だ。

こうしたアイデアが出てくるのも、彼女が本当にアフタヌーンティーを好きで、また、ラウンジのゲストをよく観察しているからだろう。

社内の接客コンテストで優勝したこともある涼音は、洞察力《どうさつりょく》に長《た》けている。

ひた隠しにしている達也の〝差し支《つか》え〟も、あっさりと見抜いたほどだ。

あれには、正直、参ったけどな……。

達也の口元に、苦い笑みがのぼる。

自分は、懐に踏み込むのも、踏み込まれるのも、どうにも苦手だ。

達也自身が、己《おのれ》の抱えている〝差し支え〟を、周囲に打ち明けていないせいもあるだろう。しかし、それを正直に共有することで、損なわれるものがあったのもまた、動かしがたい事実なのだ。

あいつは、普通じゃない――。

かつて友人だと思っていた同僚にぶつけられた言葉が甦《よみがえ》り、胸の奥に鈍い痛みが走る。

もう、あんな思いはしたくない。

過度な同調も、協調も必要ない。

幸い桜山ホテルは正社員にさえなれば保障は手厚く、人事考課もそれほど厳しくはない。年俸制の外資系ホテルに比べれば、職場環境は穏《おだ》やかで安定している。分業制で淡々と仕事をこなす〝ホテルスタッフ〟が多いこの職場を、だから達也は気に入っていた。

しかし、最近、達也は時折、妙な衝動を覚えることがある。その衝動の正体は、自分でも判然とはしない。否《いな》、突き詰めて考えることを、無意識のうちに避けているのかも分からない。

でも、本当にこのままでいいのだろうか。

いつの間にか自問している自分に気づき、達也は眉《まゆ》を寄せる。

桜山ホテルに招かれ、シェフ・パティシエを務めるようになってから、そろそろ五年が過ぎようとしている。ひょっとすると自分は、ここでの穏やかな環境に慣れ過ぎているのかもしれなかった。

いいじゃないか。別に不満はないのだから。

それに、学ぶべきことはまだたくさんあるはずだ。

胸の奥底で燻《くすぶ》るわだかまりを振り払うように、達也は全体会議の資料に眼を移す。

桜山ホテルでは、年末年始の特別イベントとして、バンケット棟のレストランに、マンハッタンでミシュランの二つ星を獲得したフレンチの名店のオーナーシェフ、ブノワ・ゴーランを招《しょう》聘《へい》することになっていた。フランス系アメリカ人のゴーランは、南仏に果樹園を併設したパティスリーを持つパティシエでもある。

翻訳《ほんやく》されたプロフィールを読むと、若い頃、日本に長期滞在していたこともある、かなりの親日派らしかった。イベント期間中は、ラウンジのアフタヌーンティーでもコラボメニューを出すのだが、ゴーランが事前に指定してきた素材は日本の代表的な柑橘《かんきつ》である「柚子《ゆず》」だった。

その他のコラボ企画として、バンケット棟のレストランのシェフ・パティシエと共に、達也はクロカンブッシュの製作に参加することも決まっている。

クロカンブッシュは、小さなシューを高く積み上げ、飴《あめ》などの糖衣《とうい》で固めた飾り菓子だ。日本ではフランスのウエディングケーキとして知られているが、実際には洗礼式や誕生日など、様々な祝い事に頻繁に登場する。

飴細工《ピエスモンテ》の国際コンクールで競い合うのも、大抵はこのクロカンブッシュだ。日持ちがする上、ヌガーや砂糖菓子を用いた装飾のバリエーションが豊富なため、各国のパティシエたちが製菓技術を披露《ひろう》するのに、もってこいの題材なのだ。

特別イベントの期間中、バンケット棟のレストランホールに、ゴーラン氏製作のものを中心にした三つのクロカンブッシュが並べられ、来客たちの眼を楽しませるという趣向だった。

イベント期間の終了時には、それぞれのパティシエが木槌《きづち》で自作のクロカンブッシュを割り、来場者にプレゼントするという催《もよお》しも企画されている。

やれやれだな……。

純白のパティシエコートに身を包み、木槌を手に愛想笑いをしている自分を思い浮かべ、達也は一つ息を吐く。

ラウンジだって、忙しい時期なのに。

もっとも、イベントの主役は来日するゴーラン氏だ。自分は粛々《しゅくしゅく》とホスト側のパティシエの役割を務めるだけだ。それに、ブノワ・ゴーランのピエスモンテの技を間近に見られる恰好《かっこう》のチャンスでもある。

〝共にピエスモンテの国際コンクールに出よう〟

外資系ホテル勤務時代、そう励まし合っていた同僚の顔が浮かび、再び胸の奥がちくりと疼《うず》いた。

あの頃は、自分がその相手から「普通ではない」と陰口をたたかれるようになるとは、思ってもみなかった。

いい加減忘れよう。

達也はぬるくなったコーヒーを一気に飲み干す。

今のところ、自分の〝グレーゾーン〟が業務に大きな支障をきたしたことはない。それなのに、なぜこうも吹っ切れないのだろう。言った相手だって、もうとっくに忘れているはずだ。

次に報告書のファイルを開き、達也は思わずぎょっとする。

突如、びっしりと小さな幾何学模様《きかがくもよう》が組み合わさったようなものが眼の前に現れ、もう少しでファイルを取り落としそうになった。

息を整え、もう一度そのページを見直す。

自分の脳は相変わらずそれを文字とは認識してくれないが、そのページが英文であることだけはかろうじて理解できた。どうやら朝子が気を利かせて、ゴーラン氏に関する英文資料を挟み込んでくれていたらしい。

達也の場合、難読が顕著《けんちょ》に表れるのがローマ字の綴《つづ》りに限定されているため、随分《ずいぶん》長い間、識字障害《ディスレクシア》があることは、家族や周囲の人たちはもちろん、自身にも分からなかった。

学校では単に英語の授業を怠《なま》けているだけだと判断されていた。

町場のパティスリーで働いていたときなど、簡単なフランス語のメモが読めなくて、悪筆に難癖をつけられているのだと思い込んだオーナーシェフから「ふざけるな」といきなり頭を殴られたこともあった。

今なら、パワハラ案件だよな……。

薄く笑い、達也はファイルを閉じる。

後で朝子にそれとなく確認して、資料がネット検索できるなら、音読機能を使って読んでおこうと算段する。

腕時計を見ると、休憩時間はまだ少し残っていた。

あまり早くラウンジに戻ると、また朝子から苦言《くげん》を呈《てい》されてしまうかもしれない。シェフ・パティシエがしっかり休まなければ、現場スタッフも休めないというのが朝子の主張だ。

スー・シェフの朝子は優秀だ。現場もよく見ているし、達也が気づかないところまで、きっちりとケアしてくれる。

それなのに、英文資料に関しては、余計なことをされたという思いをぬぐい切れないことに、達也は自分でも呆《あき》れた。

さすがに狭量《きょうりょう》が過ぎている。

本当は、今以上に彼女と意思疎通《そつう》を図るべきなのだろうと、自分でも分かってはいるのだ。

しかし、そのためには……。

そこから先を考えるのが嫌で、達也はファイルをテーブルに伏せた。代わりに、マガジンラックの女性ファッション誌に手を伸ばす。

モード系女性ファッション誌の第二特集は、ホテルのクリスマスアフタヌーンティー紹介だ。

自分の代わりに、今回は朝子に登場してもらった。

〝今年の桜山ホテルのクリスマスシーズンはツーライン〟という見出しの下、狐《きつね》色に揚《あ》げたクリスピーライスを飾った米粉のガトーを前にした朝子が柔らかな笑みを浮かべている。

他のホテルのメニューにも興味を惹《ひ》かれ、ぱらぱらとページをめくっていくうちに、もう一人、見知った顔が眼に入り、達也は手をとめた。

一重の切れ長の眼に、シャープな輪郭のアジア系美人《アジアンビューティー》。

シャーリー・ウー。

プロフィールの名前は英語風になっているが、写真に写っているのは、つい最近まで桜山ホテルのラウンジにいた呉彗怜《ウースイリン》だ。

しかも、新任プランナーである彼女の発案として紹介されているメニューは、火を灯《とも》して食べる英国のクリスマスプディングだった。

これって、確か……。

達也は小さく眼を見張る。

〝これはアフタヌーンティー発祥のイギリスの正統なクリスマスデザートで、リキュールをたっぷりかけたプディングに火を灯して燃え上がらせるのが……〟

頭の中に、初めてのプレゼンに張り切る涼音の声が響いた。

そのとき、バックヤードの扉がノックされた。

「失礼します」

挨拶と同時に部屋に入ってきたのが、当の涼音だったことに、達也は柄《がら》にもなく焦ってしまう。

「あ」

達也が開いているページに気づき、涼音の口から声が漏《も》れた。

「やられたな」

無意識のうちにそう告げてしまい、達也は一層慌《あわ》てた。

親しかった同僚から不意打ちを食らわされる気持ちは誰よりも知っているはずなのに、無神経な物言いをしてしまった。

気をつけているつもりでも、ついこういうところに地金《じがね》が出る。

〝冷たい〟〝人の気持ちを考えてない〟〝思いやりがない〟

だから、これまでつき合ってきた女性たちからも、最終的には異口同音に責められることになったのだ。全員、向こうから近づいてきた女たちだったけれど。

「やられちゃいました」

だが涼音はあっけらかんとそう言って、肩をすくめた。

「でも、クリスマスプディングは、別に私の専売特許じゃないですから。元々彼女から、火を灯して食べるようなイベント性の強いデザートは、ここのラウンジより、外資系ホテルのラウンジのほうが合ってるって、アドバイスされてたんです」

手にしていた紙袋を丸めながら、涼音が笑みを浮かべる。

随分と、物分かりのよいことだ。

達也の心に、一瞬、黒い影が差した。涼音のまっすぐな健全さは、ときに人を苛《いら》つかせる。

特に自分のように、屈託《くったく》を抱えている人間にとっては――。

「寛大《かんだい》なんだな」

さすがは、社内接客コンテスト第一位。

前向きで、明るくて、ご立派でいらっしゃる。

明らかに皮肉の混じった達也の言葉に、涼音は黙って首を横に振った。

「……私、ずっと気づかずにいましたから」

しばし考え込み、涼音はおもむろに視線を上げた。

「呉さんが何度も正社員登用試験を受けてたのって、飛鳥井《あすかい》さん、ご存じでしたか」

「い、いや」

現場はとにかく回ればいい。

それが、桜山ホテルのシェフ・パティシエに抜擢《ばってき》されて以来、達也が一貫《いっかん》して取っているスタンスだった。コンビを組むセイボリーの秀夫や、スー・シェフの朝子をはじめとする調理スタッフとも一定の距離を置いているのだ。長年一緒に働いていても、ラウンジスタッフのことなど深く考えたこともない。

「調理班は、元々そういうのないですものね」

納得したように、涼音は頷《うなず》く。

ラウンジスタッフの大半がサポーター社員で占められているのに対し、調理班のスタッフはそのほとんどが正社員だ。

「私、そういうことに無頓着《むとんちゃく》に、彼女に頼っちゃってたんです。考えてみたら、そもそもおかしいですよね。正社員が契約社員に頼るなんて」

うつむきかけた涼音を、達也は思わず遮る。

「でも、そういう構図を作ってるのは会社だろ」

それは別段、桜山ホテルに限った話ではない。バブル景気がはじけて以降、ほとんどの企業がアウトソーシングの名のもとに、派遣会社や契約社員の下支えに頼っている。

達也とて、一度定年退職したシニアスタッフの秀夫がどういう雇用《こよう》条件でセイボリー班のチーフを務めているのかを詳しく知っているわけではない。

「そうかもしれないけど……」

涼音がつらそうに眉根を寄せた。

「私、この前、呉さんに会ったんです」

そこで、呉彗怜から問いただされたのだそうだ。

随分一生懸命アフタヌーンティーの開発に取り組んでいるけれど、育休明けの園田香織が戻ってきたら、あっさりその立場を明け渡すつもりかと。

「自分でも、どうなんだろうって、考えちゃいました」

眉を下げたまま、涼音が少し情けない笑みを浮かべる。

「なんか、嫌ですね。椅子取《いすと》りゲームしてるみたいで」

その感覚は、達也にも覚えがあった。

音楽が流れている間は比較的仲良く一緒に回っているのに、とまった途端、あさましく自分の椅子を確保しようとする。

「普通ではない」という言葉と共に突き飛ばされて、座りたかった椅子を一つ失ったことは事実だった。

「だけど、もう一つ、分かったことがあるんです」

言葉を返せない達也に、涼音が澄んだ眼差《まなざ》しを向ける。

「椅子を奪われたのに、呉さんは私を助けてくれてたんだなって」

中国語も教えてくれたし、適切なアドバイスもくれたし……と、涼音は指を折って数え始めた。

〝リャンインは、どうしていつも、一人客をそんなに優遇する〟

〝別に優遇しているわけじゃないよ〟

〝だったら、一人客を必ず窓側に案内する必要はないでしょう。皆、窓側の席に着きたいんだから〟

いつだったか、団体客と一人客の席の配置のことで、涼音と彗怜が言い合っていたことが脳裏に浮かぶ。

常連を大事にしたい涼音と、一見《いちげん》でもいいから、売り上げに貢献《こうけん》してくれる大人数を優遇すべきだと主張する彗怜。

どちらの意見も間違っていないと感じたことを、達也は覚えている。

あの後二人はてきぱきと連携《れんけい》して、効率的に窓側席を回していた。意見が対立しても、どちらかがどちらかの足を引っ張ったりはしていなかった。

「私、いっつも自分のいいように考えて、なかなか人の気持ちに気づけないから……」

「そんなことないだろう」

涼音の寂《さび》しげな言葉を、達也は再び遮った。

遠山涼音は洞察力に長けている。ラウンジのゲストのこともよく見ている。それは事実だ。

「ありますよ。飛鳥井さんにだって、余計なこと言っちゃったし」

「あれは、俺が……」

言いかけて、達也は口をつぐむ。

俺が、なんなのだ？

「あ、でも、なにか不都合なことがあったら、いつでも言ってくださいね」

達也の戸惑いには気づかぬ様子で、涼音が続けた。

恐らく、ブノワ・ゴーラン氏の来日企画のことを気にかけているのだろう。こちらに向けられる眼差しに、気遣いと、それと同じだけの遠慮が滲《にじ》んでいた。

表れ方はまったく違うけれど、ひょっとすると、遠山涼音と自分は、同じようなことで悩んでいるのではないか——。ふと、達也はそんなことを考えた。

なんとなく会話が途切れ、部屋の中がしんとする。

扉の向こうから、ラウンジのざわめきが微《かす》かな潮騒《しおさい》のように響いてきた。

「……それと、私、決めたんです」

やがて、色々なことを吹っ切るように、涼音が顔を上げた。

「これからは、自分に都合のいい面じゃなくて、できるだけ、物事の美しい面を見るように心がけようって」

涼音の大きな瞳に決意を思わせる色が浮かぶ。

「物事の美しい面」

「あ、私が言ったんじゃないですよ。祖父の言葉です」

繰り返した達也に、涼音が急にしどろもどろになって頰《ほお》を赤くした。

「祖父が言うと響くんですけど、私が言うとなんかうすっぺらいですね……」

しかし達也はもう、それをただ〝ご立派〟だとは思わなかった。涼音は悩んだ末に、そうした答えにたどり着いたのだろう。

そんな考え方も、あるんだな——。

どれだけ努力をしたところで、結局のところ、人は自分の物差しでしか物事を量《はか》れない。しかし言い換えるなら、この世の中のすべての事物をどう捉えるかは、すべて本人次第ということになる。

カリスマ性のあるシェフ・パティシエの下で精力的に働いていた外資系ホテル時代にだって、いいことはたくさんあったはずなのだ。

国際コンテストで数日パリに滞在することができた。そのコンテストで、上位入賞を果たした。けれど、インタビューの最中に、DXについてばかり質問され、耐え切れずにプレスルームを飛び出した――。

良いことを思い出しているはずなのに、必ずそこへ黒雲のように苦い記憶が纏《まと》いついていることに、達也は苦笑する。よく、〝大の男〟という言い方をするけれど、押し並べて、男は女より小さい。

同僚の放った「普通じゃない」という一言にいつまでも拘泥《こうでい》している達也の眼に、涼音の決意は眩《まぶ》しかった。

「お邪魔《じゃま》してすみません。そろそろラウンジに戻ります」

丸めた紙袋をダストボックスに入れて、涼音が軽く頭を下げる。

「あのさ」

バックヤードから出ていこうとする涼音に、達也は声をかけていた。

「はい」

振り返った涼音に、達也は戸惑う。

なぜ、呼びとめたりしたのだろう。

もう少し、話していたい――。

らしくない感情が頭をよぎり、達也自身が一番驚く。

「やられたかもしれないけど、やられてないよ」

気づくとわけの分からないことを口にしてしまっていた。

「はい？」

案の定、涼音はきょとんとした表情を浮かべる。

「だから、クリスマスプディング。あれ、見かけほど、美味《うま》くないから」

冷静を装って説明すると、涼音がぷっと噴き出した。

「そう言えば、飛鳥井さん、以前、そうおっしゃってましたね」

涼音を遣《や》り込めた会議の様子が甦り、達也は一層居心地が悪くなる。だが、涼音は意に介した様子もなく、可笑《おか》しそうに笑っている。

くすくすと笑う涼音のアップにまとめられた髪に、簪《かんざし》のように大きな落ち葉がついていることに、達也は気がついた。

「もしかして、外で食べてたの？」

「はい」

なんでもないように、涼音が頷く。

今年は紅葉が遅く、現在、庭園にはなにも見るものがないはずだ。

「なかなか季節らしくならないですけど、イチョウがようやく黄色くなり始めてますし、早咲きの椿《つばき》も咲き始めてるんですよ」

達也の思いをよそに、涼音が嬉しそうに微笑《ほほえ》む。笑っていたせいか、外気に当たっていたせいか、その頰は薔薇《ばら》色に染まっている。

この人は元々、美しいものを探せる眼を持っているんだ――。

そう思った瞬間、達也は椅子から立ち上がっていた。自然と手を伸ばし、涼音の髪についた落ち葉を払う。まだ青いカエデの葉が、ひらりとテーブルの上に落ちた。

「あ、すみません……」

振り仰いだ涼音の顔が意外なほど近くにあり、達也はどきりと鼓動《こどう》を速まらせる。

「失礼しまーす」

突如ノックもなく、いきなりドアがあいた。

デコレーション用のキャンドルを手に現れた瑠璃《るり》の姿に、達也は慌てて涼音の傍《そば》から離れる。

「なに、いちゃついてるんですかぁ」

フランス人形然とした瑠璃が、あざとさ満点の表情で小首を傾《かし》げてみせた。

「いちゃついてないっ」

達也と涼音の声が、ぴったりと重なった。


その晩、達也が自宅のマンションのソファで本を読んでいると、テーブルの上のスマートフォンが震えた。

液晶《えきしょう》に実家のナンバーが浮かんでいる。

「もしもし」

本を手にしたまま、もう片方の手でスマートフォンを耳に当てた。

「達也、元気にしてるの？」

母の声が耳元に響く。どうせ年末年始の件だろうと、達也は本に視線を落としたままソファに寄りかかった。

ホテルで仕事を始めてから、盆も年末年始も、基本的に実家に帰ることはできない。サービス業は、人が休む時期こそが繁忙期だ。自分が作った焼き菓子を送ることが、もう何年も達也の里帰りになっていた。そのことについて、母は時折、ひとしきり文句を言わずにはいられなくなるのだ。

ところが、今回は少し様子が違っていた。友人の観光農園の林檎《りんご》の収穫を手伝った際、父が梯《はし》子《ご》から落ちて肋骨《ろっこつ》を折ったらしい。

「大丈夫なの？」

達也は読みかけの本をテーブルに伏せて身を起こした。

「痛がってはいるけど、結構元気よ。骨折って、結局、自然にくっつくまで待つしかないんだって」

母の声の調子が明るいことに、達也は幾分安堵《あんど》する。幸い、他に打った箇所はないらしい。

「本当は今年のクリスマスこそ、お父さんと一緒に、達也のホテルに泊まりにいこうかと思ってたんだけどね」

「別に、俺のホテルじゃないけど」

「あら、あんたのホテルみたいなものでしょう？　ホテルの名前で検索すると、達也の写真が一杯出てくるわよ」

それは広報課にいいように使われているだけのことだったが、母に内幕《うちまく》を説明する気にはなれなかった。

「もっと普通のときでよければ、俺が社割で部屋を取るけど」

達也が言うと、母の声が一段と高くなる。

「でも、お母さんは、クリスマスアフタヌーンティーを食べてみたいのよ」

そのとき、電話の向こうで父の怒鳴り声が響いた。

「あ、お父さんが、また文句言ってる」

母の声に不満の色が混じる。

「昨日、お父さんにあんたのホテルのアフタヌーンティーのホームページを見せたら、びっくりしちゃってね。お茶とお菓子に四千円だの五千円だのって、一体どういうことだって、ずっと文句言ってんのよ」

「ああ……」

それは、容易に想像がつく。故郷の田舎町《いなかまち》でそれだけの金額を出せば、豪勢《ごうせい》な寿司《すし》やステーキにありつける。

〝いくら東京でもぼりすぎだろう〟

背後で騒いでいる父の声がここまで届く。

〝ただの茶と三段の皿にのっけただけの菓子に、大枚を払う人間が、東京にはそんなにいるのか〟

「うるさいなぁ。大声出すと骨折に響くでしょ。大体、ただの茶と菓子って言うけど、お父さんが喜んで飲んでる酎《ちゅう》ハイだって、ただのアルコールと水じゃないの」

電話口で返している母の言い草に、達也は噴き出しそうになった。

だが、達也が大学に進学しないことに最後まで難色を示していた父は、今でも一人息子が〝菓子職人〟になったことを、心底納得しているわけではないのだろう。

もっとも、達也が手に職をつける道を選んだ最初のきっかけは、あっさりとリストラされた父の姿を見ていたからだったのだが。

「クリスマスシーズンに部屋が取れるかどうかは分からないけど、アフタヌーンティーなら、俺がいつでもご馳走《ちそう》するよ」

「あら、達也がご馳走してくれるなら、お母さん、一人でいこうかな。日帰りできない距離でもないんだし」

母の声が俄然《がぜん》色めき立った。

〝どうせなら、もっといいものをご馳走しろ〟と、父がなおも騒いでいる。

〝それなら俺もいくぞ。築地《つきじ》の寿司とか、浅草《あさくさ》の牛鍋《ぎゅうなべ》とか、銀座《ぎんざ》の天麩羅《テンプラ》とかなら……〟

「もう、お父さん、さっきからうるさいなぁ！」

最後は父と母の言い合いになった。

クリスマスアフタヌーンティーでも、築地の寿司でも、浅草の牛鍋でも、銀座の天麩羅でも、なんでも好きなものをご馳走すると約束して、達也は通話を切った。

あの様子なら、父の骨折も、それほど心配することはなさそうだ。

しかし、同じ値段なら、もっといいものが食べられると言った父の言葉は、ほとんどの男性にとっての本音だろうと達也は考える。

甘党の男性は決して珍《めずら》しくないが、彼らがホテルアフタヌーンティーに興味を示すかと言えば、それはまた別の問題だ。ラウンジのゲストも、圧倒的に女性が多い。もちろん、夫婦やカップルのゲストもいるが、ほとんどの男性客は、女性客のつきそいに見える。

ソロアフタヌーンティーの鉄人なんかは、例外中の例外だ。

製菓の仕事を選んだことを、後悔したことは一度もない。それでも、父をはじめとする多くの男性にとっての〝菓子〟のイメージが、取るに足らないものであることくらいは簡単に想像できた。

桜山ホテルはまだ価格を抑えているほうだが、外資系ホテルのアフタヌーンティーには、七千円を超えるものだってざらにある。父なら値段を見ただけで、間違いなく怒声《どせい》をあげるだろう。

アフタヌーンティーって、本当になんなんだろうな。

今更のように、達也は考える。

しっかりとした食事でもない。お酒を楽しむものでもない。乾杯《かんぱい》用のシャンパンがつくものもあるが、主役はあくまでもお茶とお菓子だ。

達也はテーブルの上の本を手に取った。

読みかけのページを開くと、黒い頭飾り《ヘッドドレス》をかぶった、一人の女性の肖像画が現れる。

第七代ベッドフォード公爵夫人、アンナ・マリア――。

〝ときは十九世紀、大英帝国最盛期のビクトリア時代。アフタヌーンティーは、一人の貴婦人の空腹から始まったんです〟

講談師さながらの弁舌《べんぜつ》を振るっていた、涼音の姿が目蓋《まぶた》の裏に浮かんだ。

常連客の西村京子《にしむらきょうこ》が、〝女子会〟の五人組の女性ゲストたちから一人でアフタヌーンティーを食べていることを寄ってたかって揶揄《やゆ》されていたとき、すかさず涼音が間に入り、今ではイギリスの社交の場にまでなっているアフタヌーンティーが、その実、一人の貴族女性が自分のベッドルームで人目を忍んで〝間食〟を楽しんだことから始まったのだと説明した。

〝だから、アフタヌーンティーは、決して社交だけのものではありません。お一人でじっくり楽しんでいただくこともまた、アフタヌーンティーの本来の在り方なんです〟

どちらのゲストの顔も潰《つぶ》すことがないよう、涼音は見事に説明をしてみせた。

あのとき達也は、ラウンジの雰囲気を悪くした〝女子会〟の女性たちを、全員追い返してしまうつもりでいた。涼音がいなければ、五人分のアフタヌーンティーを無駄にするところだった。涼音の蘊蓄話《うんちくばなし》が忘れられず、遅ればせながら、達也はアフタヌーンティーの歴史を改めて紐解《ひもと》いている。これまでバッキンガム宮殿やイギリス各地のメニューや配合《ルセット》を研究することはあっても、その歴史についてては、それほど詳しく調べたことがなかったのだ。

ロンドンから北西へ車を約一時間走らせたベッドフォードシャー州に、アンナ・マリアが暮らした館、ウォーバンアビーは今なお存在し、現在はギャラリーやティールームを併設したミュージアムになっているらしい。

写真で紹介されているウォーバンアビーは、サファリパークまでを含む壮大な敷地内に佇《たたず》む、白亜《はくあ》の瀟洒《しょうしゃ》な館だ。

こんな豪奢な館で暮らしながら、一日中コルセットをつけていなければならなかった貴婦人たちは、朝食以降、夜遅くに始まるディナーまでなにも口にすることができなかったという。その空腹に耐えきれず、アンナ・マリアはベッドルームに隠れて紅茶とお菓子を楽しんだ。

やがてそこに親しい女友達を招くようになると、〝秘密のお茶会〟は瞬く間に女性貴族たちの間に広がった。それが、最終的には英国を代表する社交の場、アフタヌーンティーへと発展していったのだ。

黒いヘッドドレスをかぶった色白のアンナ・マリアは優しげだが、聡明そうな眼差しをしている。

実はアンナ・マリアの肖像は、日本でも無意識のうちに多くの人たちが眼にしている。大手飲料メーカーのペットボトルの紅茶のラベルに描かれている大きな帽子をかぶった貴婦人が、なにを隠そうこのアンナ・マリアなのだ。

死後、自分の肖像が日本の紅茶のパッケージにデザインされるとは思ってもみなかっただろうが、生前のアンナ・マリアもまた、日本に関心を寄せていたようだ。

裁縫《さいほう》が得意だったアンナ・マリアは、〝秘密のお茶会〟を開くときに、自らデザインしたティーガウンを纏って現れたという。日本の着物からインスピレーションを得たと伝えられるそのガウンは、当時の貴族社会では考えられない奇抜なものだったが、コルセットに苦しめられていた女性たちの間で、爆発的な人気を呼んだ。

アンナ・マリアのアフタヌーンティーは、空腹からだけではなく、窮屈《きゅうくつ》なコルセットからも女性たちを解放したのだった。

そうした独創性と利発さを兼ね備えていたためか、アンナ・マリアはビクトリア女王にことのほか寵愛《ちょうあい》された。肖像画のアンナ・マリアは、ふっくらとした腕にビクトリア女王の肖像画の入った金の腕輪をしている。アンナ・マリアが〝秘密のお茶会〟で使用したティーポットも、女王が直々に彼女へ贈ったものだった。

しかしそれゆえに嫉妬《しっと》を買い、後にアンナ・マリアは女王の側近から外されることになる。

こうしたエピソードまでが、なんとも今日《こんにち》的だ。

〝なんか、嫌ですね。椅子取りゲームしてるみたいで〟

バックヤードでの涼音の言葉が甦り、達也は一つ息をつく。

常連だった京子と〝女子会〟の五人組も、同じ職場で働く同僚だったようだ。五人組は元々一見客だったが、あの出来事以降、京子もラウンジを訪れなくなった。

せっかく、クリスマスは常連用のメニューを用意したのにな……。

女性たちが始めた〝秘密のお茶会〟は、解放であると同時に、噂話《うわさばなし》や密《ひそ》かな策略《さくりゃく》を呼ぶものだったのかも分からない。

心底幸せそうにルバーブのタルトレットを頰張っていた京子の様子を思い出し、達也は少々複雑な気分になる。

しかし、そう考えると、アフタヌーンティーは昔も今も、良くも悪くも、やはり女性たちのものなのか。

アンナ・マリアが夫の弟に寄せた書簡《しょかん》によれば、ハンガリーの王子を招いた午後五時のお茶会でも、男性ゲストは主賓のエステルハージ王子ただ一人だったらしい。

だとすれば――。

達也はアンナ・マリアの肖像画のページを閉じ、本棚からもう一冊の分厚い本を取り出した。

ウィーン古典菓子について書かれた本だ。

本の中で、著者は、若い女性の嗜好《しこう》に合わせて、軽さや柔らかさばかりを追求した昨今の洋菓子を厳しく批判している。

〝甘いものが人を幸せにする〟という曖昧なファンタジーは、伝統的な菓子が持つ本当の魅力《みりょく》を見えにくくさせている。しっとり、ふわふわ、甘さ控えめだけを追求する日本の所謂《いわゆる》〝洋菓子〟は、ヨーロッパの伝統菓子とは似て非《ひ》なるものだ、と。

確かに「太陽の沈まない帝国」とまで言われたオーストリア、ハプスブルク王朝の華麗な文化を背景に生まれたウィーン菓子には、独特の奥深さがある。ウィーン菓子の代表でもあるザッハトルテの作り方を初めて知ったときは衝撃だった。それまではチョコレートでコーティングされているというくらいの知識しかなかったが、実際には砂糖のシロップとチョコレートを一〇八度になるまで煮詰め、砂糖を再結晶化させることで表面を固めて艶《つや》を出すのだ。表面のチョコレートはしっかり固まっているが、口に入れた瞬間、シロップの結晶がシャリシャリと崩《くず》れ落ち、すうっと溶ける。こんな高度な技術が、一八〇〇年代のウィーンに既にあったというのが驚きだ。

カフェ発祥の地として知られ、そのカフェ文化がユネスコの文化遺産にも登録されているウィーンでは、二百年以上前の菓子のレシピを忠実に守り続け、伝統を受け継ぎ、変わらないことを身上としている。それ自体、立派なことだと達也も思う。

昨今の女性グルメリポーターがスイーツを食べたときに連発する、ふわふわだとか、とろとろだとかいったキーワードに辟易《へきえき》する気持ちもよく分かる。けれど、この著者の主張はもっと過激だ。読み方によっては、「伝統的な古典菓子は女子供のためのものではない」とさえ読めてしまう。

著者は須藤《すどう》秀夫。

プロフィールを確認しながら、達也は眉間にしわを寄せる。

万一この著者が、同姓同名の他人ではなく、本当にセイボリー担当のシェフ、秀夫だとしたら、女性ゲストを圧倒的なターゲットとしているアフタヌーンティーを、本当はどう思っているのだろう。

もちろん、自分も秀夫も曖昧なものを作っているとは思わないが、ホテルアフタヌーンティーは、ある意味では、非日常を演出するファンタジーだ。

しかし、達也よりも先に涼音の意見に耳を傾けようとしていた秀夫と、本の中の固陋《ころう》で頑《かたく》なな著者のイメージは、どうにも重ならない。

ただ――。

そうしたことを別にしても達也はなぜか、この本を何度も読み返してしまう。

達也自身、著者の主張に全面的に賛成しているわけではないのだが、読み進めていくうちに、自《おの》ずともう一つの感慨を抱かずにいられないのだ。

この著者は知っている。

ウィーンの街に古くからあるカフェコンディトライ――カフェ併設の製菓店――、アルザス、ブルターニュ、ブルゴーニュ……フランス各地に伝わる伝統菓子。

約一年半をヨーロッパの製菓店の厨房で過ごし、すべてを自分の眼で見て、体験している。

〝留学や海外修業の経験がなくても、素晴らしいシェフやパティシエは大勢いる。今や製菓の技術は日本のほうが上と言っても過言ではないんだし……〟

専門学校時代の恩師、高橋直治《たかはしなおはる》はそう言った。

達也とて、その意見に異存はない。

海外スタッフとの共同作業も、外資系ホテルの厨房で経験した。

だから、ブノワ・ゴーラン氏を迎えることにも、なんら引け目を感じるようなことはない。

それなのに、胸の奥にわだかまっているこの焦燥感《しょうそうかん》はなんなのだろう。

いつの間にかじっと考え込んでいる自分に気づき、ハッと我に返る。

「さて、風呂でも入るかな……」

わざと声に出して呟《つぶや》き、達也は本を棚に戻した。

十二月に入ると、すべてが一気に加速した。

先月までは気温も二十度に達する日が続き、冬どころか、秋らしくさえなかったのが、晴れ間のある日中でも急激に冷え込むようになった。

ラウンジのクリスマスアフタヌーンティーは、土日ともなるとフル回転状態が続き、息つく暇がない。今になって、ツーラインを後悔しているスタッフもいるようだった。

加えて、年末にはブノワ・ゴーラン来日イベントもある。

クリスマスと年末年始は、ホテル勤めにとっては地獄の季節だ。十二月は誰にとってもせわしない時期だが、ほとんどの人にとって、それは年末年始の休み前までのことだろう。ところが、ホテルはその時期に最大の繁忙期を迎える。

これまでつき合ってきた女性たちと長続きしなかったのは、クリスマスはもちろん、初詣《はつもうで》にも一度も一緒に出かけられなかったことも関係があるのかもしれない。

まあ、俺の場合、それだけじゃなかっただろうけどな……。

戦場のような厨房で指揮を執りながら、達也はぼんやり考える。

〝ケーキと結婚しろ〟

別れ際にそう詰《なじ》った女性の顔が既に朦朧《もうろう》としている自分自身に呆れてしまう。だから、最近は恋愛のことはほとんど頭になくなった。

そう思った瞬間、配膳室《パントリー》で紅茶を淹《い》れている涼音の姿が視界に入り、思わず顔を背《そむ》ける。

そんな場合かよ――。

涼音を見ていると、調子がくるう。

正反対のようで、でもどこかが似ているようで、自分でも気持ちを持て余す。

その思いの正体がなんなのかを見定める余裕もなく、達也は達也で、涼音は涼音で、今年最後の月を迎えた華やかなラウンジの舞台裏を駆《か》け回っていた。

午後六時のラストオーダーの仕上げをすべて確認すると、達也はようやく息をついた。

軽く休憩をとったら、お次はバンケット棟のミーティングルームで、ブノワ・ゴーラン氏とコラボするイヤーエンドイベントの最終打ち合わせだ。秀夫の姿を探したが、既に厨房にはいなかった。もうバンケット棟へ出向いたのだろうか。

コーヒーを片手に、達也もバックヤードへ向かう。

忙しさのせいもあるのだろうが、最近、秀夫は少し変だ。先日のミーティングで、イヤーエンドアフタヌーンティーに使用する柚子の産地について意見を求めたときも、心ここにあらずといった感じだった。

〝飛鳥井君のほうで使いやすいものを選んでもらえれば、こちらは合わせられるから……〟

返事を促すと、ごまかすようにそんなことを言っていた。

アフタヌーンティーの主役はスイーツと割り切っているせいか、以前から秀夫は達也の意見を優先してくれる。

しかし、と、達也は考える。

もしあの本の作者が本当に秀夫本人なら、それは割り切りではなく、きっとあきらめだ。

もっと悪い言葉で言えば、投げ遣り、か。

〝ザッハトルテに柚子のジャムを合わせてみようと思うんですよ〟

だからあのとき、達也は試すつもりでそんなアイデアを出してみた。

本来ザッハトルテは、スポンジ生地《ジェノワーズ》の間に酸味の強いアプリコットジャムを挟む。それが伝統的な配合《ルセット》だ。ウィーン古典菓子に忠実なあの本の著者なら、「そんなものはザッハトルテではない」と激昂《げっこう》するだろう。

〝いいと思うよ。チョコレートと柑橘の組み合わせは鉄板だし〟

けれど秀夫は、気の抜けた表情で頷いただけだった。

やっぱり、別人かね……。

達也はノックをして、バックヤードの扉をあける。

バックヤードでは、当の秀夫が、ゲストファイルを手にしたラウンジスタッフの瑠璃とテーブルをはさんでなにやら話し込んでいた。

珍しい組み合わせに、達也は眼を丸くする。

「ああ、飛鳥井君。そろそろミーティングの時間かな」

秀夫が慌てたように振り返った。

「いや、まだ少し余裕がありますよ」

邪魔をしないほうがいいのだろうかと、達也はドアノブを握ったまま戸惑いを隠せない声を出す。

「飛鳥井シェフ、お疲れ様でぇーす」

瑠璃に視線で席に座るように促され、そのまま立ち去るわけにもいかなくなった。

半ば遠慮しながら、コーヒーを手にテーブルの一番端の椅子に腰を下ろす。

「飛鳥井君、実はね……」

改まった様子で、秀夫が切り出そうとしたとき。

「須藤さんが、年末に奥さんと娘さんをラウンジに招待したいんですってぇー」

秀夫の言葉を待たずに、瑠璃が万歳《ばんざい》をしてみせる。

「いや、娘はともかく、奥さんのほうは、エックスワイフなんだけどね」

エックスワイフ――?

達也は一瞬きょとんとしたが、すぐに別れた妻のことを言っているのだと気づく。秀夫が熟年離婚していることを、頭の片隅に思い出した。

「もちろん、平日にするつもりだけれど。申し訳ないね、こんな繁忙期に……。どうせなら、ミシュランシェフとコラボするイヤーエンドアフタヌーンティーを食べてみたいと、娘が言うものだから」

秀夫が白いものの交じった眉を寄せた。

「いえ」

達也はすかさず首を横に振る。

〝でも、お母さんは、クリスマスアフタヌーンティーを食べてみたいのよ〟

そう言えば、達也の母も、先月似たようなことを言っていた。

なんでも好きなものをご馳走すると約束したけれど、あれ以来、母から連絡はない。結局あちらも年末の忙しさにかまけて、それどころではなくなったのだろう。

東京の都心と茨城《いばらき》の田舎町には、やはり、まだ距離がある。

「週の前半であれば、多少の余裕はありますよ。月曜か火曜の早い時間なら、最終週でもなんとか窓際のいいお席にご案内できますぅ」

ファイルをめくりながら、瑠璃が小首を傾げた。

「瑠璃ちゃん、ありがとう。早速、娘に連絡してみるよ」

調理服のポケットから二つ折りのガラケーを取り出し、秀夫がせかせかと席を立つ。

「それじゃ、飛鳥井君。後程、バンケット棟で」

「あ、はい……」

慌ただしくバックヤードを出ていく秀夫の後ろ姿を、達也は曖昧に頷きながら見送った。

秀夫の様子がいつもと違っていたのは、どうやらこのことが原因だったらしい。

「須藤さん、このホテルにきて結構長いはずなのに、初めてご家族を招待するんですって」

瑠璃の声に、達也は我に返る。

「あ、元ご家族か……って言っても、娘さんは娘さんだもんね。やっぱり、ご家族だよね」

一人で問答している瑠璃に、思い切って問いかけてみた。

「須藤さんって、ここにくる前はどこにいたんだ？」

「シニアスタッフになる前はバンケット棟のフレンチレストランでシェフをしていたって、香織さんから聞いたことありますけど、それ以前のことは、私も知りません……って、飛鳥井さん！」

瑠璃がエクステ睫毛《まつげ》に縁どられた眼を大きく見開く。

「同じ調理班なのに、なんで知らないんですかぁ？　私より、ずっと長く一緒に働いてるじゃないですかぁ」

責められて、達也は口ごもった。

「いや、その、そういうこと、話す機会がなかったから……」

達也が距離を置いていたこともあるが、秀夫もまた、自らの経歴を詳しく語ったことはこれまでになかった。

頭の中に、「ウィーン古典菓子」の本の表紙が浮かぶ。

「それより、飛鳥井シェフ」

瑠璃が瞳を輝かせて、身を乗り出してきた。

「ツーライン、評判いいですよ！」

ラウンジスタッフは、いち早くゲストの反応を受け取る。新企画の感触が良好のようで、達也もその報告には一応の安堵を覚えた。

「調理班の皆さんは大変でしょうけど、ドリンクはもちろん、アフタヌーンティーまで、二つのうちから選べるっていうのが、特別感あるみたいですねー」

歌うように瑠璃が続ける。

「さっすが、アフタヌーンティー大好きなスズさんの発案ですよねぇ」

「今シーズン限りにしてほしいけどな。おかげでこっちはくたくただ」

思わせぶりな視線を寄こす瑠璃を、達也はぴしゃりと遮った。

「またまたぁ」

わざと不愉快な声を出したのだが、瑠璃はまったく意に介する様子がない。

「本当は、飛鳥井さんだって、スズさんのこと認めてるくせにぃ。ちゃんと言葉にしないと、伝わらないですよぉ。スズさんって、ゲストのニーズには敏感ですけど、そういうところは鈍いですから」

「あのね……」

達也は溜め息を漏らす。

「俺たち、別にそういうんじゃないから」

「〝俺たち〟とか言っちゃってる時点で、既にアウトですよ〜」

段々、本気で鬱陶《うっとう》しくなってきた。

「でも、選択肢があるって、すてきなことじゃないですか」

達也の本気の不機嫌を察したのか、瑠璃がアフタヌーンティーに話題を戻す。今どきのギャルっぽい雰囲気を漂わせていても、その実、瑠璃はきちんと空気を読んでいる。

この子は、見かけよりもずっと頭がいい。

「SNS受けもいいんですよ。二種類並べて、比較してるインスタとかもありますしぃ」

瑠璃はデスクに備えられているパソコンに向かった。元々、公式サイトの更新と、予約サイトの口コミへの返信を書き込みにきていたのだろう。

「そうそう、インスタって言えば、最近、ちょっと気になるアカウントを見つけちゃったんですよぉ」

画像投稿サイトのアカウントを検索した瑠璃が、ノートパソコンのディスプレイの向きを、達也にも見えるように反転させた。

「これって、うちのホテルの庭園の椿《つばき》や、アフタヌーンティーですよねぇ」

紅、白、薄桃色、絞《しぼ》り染《ぞ》めのように、紅白が交じったもの――。ほころび始めた椿の写真がいくつも並んでいる。

〝イチョウがようやく黄色くなり始めてますし、早咲きの椿も咲き始めてるんですよ〟

先日の涼音の声が耳に甦り、達也も興味を惹かれて覗《のぞ》き込んだ。

「太神楽《だいかぐら》、菊更紗《きくさらさ》、白侘助《しろわびすけ》、紅侘助《べにわびすけ》、ですって。椿って、こんなにいろんな名前があるんですねぇ」

瑠璃が感嘆《かんたん》の声を漏らす。

一重咲き、八重咲き、お猪口《ちょこ》のような形のもの、ラッパに似たもの、牡丹《ぼたん》を思わせるもの。

形状も様々だ。

「そんなに〝映《ば》え〟を狙ってる感じはしないのに、なんか、品があって、お洒落《しゃれ》なアカウントですよねぇ」

椿の花の写真に続くアフタヌーンティーの写真も、華やかな三段スタンドを収めているものではなかった。

しかし、そこに並んでいるのが、特に力を入れて作ったスイーツばかりなことに、達也は少々驚く。一見地味なシュトーレンも、美しく切り取られていた。

「ほとんどのシーズンのアフタヌーンティーが並んでるってことは、ラウンジの常連さんですよねぇ」

「ソロアフタヌーンティーの鉄人じゃないのか」

達也の脳裏に、しみじみと紅茶を味わっている鉄人の姿が浮かぶ。

「私も一瞬、そう思ったんですよぉ」

瑠璃が長い睫毛をぱちぱちと瞬《しばたた》かせた。

「でも、他の写真が、あのオジサンの日常に思えなくてぇ」

スクロールされた画面に映っているのは、シルクフラワーのアクセサリーや、レース編みの小物だった。

「この人、自分語りしてないんで確かではないですけどぉ、きっと、これ、お手製ですよ。アカウント名も女性っぽい名前ですしぃ」

「うーん……」

確かに、あのちょっと冴《さ》えないオッサンが、こんな繊細《せんさい》なアクセサリーを作っているところは、想像ができなかった。

「うちのラウンジ以外のお料理の写真も、たくさんありますね。なんか、お野菜たっぷりで、身体《からだ》にも良さそうだし、品数も多くて、美味しそう～。どこのお店だろう。雰囲気も、アジアンリゾートっぽくて、すってき～」

瑠璃がしげしげと画面に見入る。

「でも、これだけセンスのあるアカウント見ちゃうと、公式も頑張《がんば》んなきゃって思っちゃいますよ。よっしゃあ、燃えてきたぁーっ」

ディスプレイをもとの位置に戻し、瑠璃は腕まくりした。

「ツーラインアフタヌーンティーの〝ここがお薦《すす》め〟ポッドキャストとかやってみようかな。飛鳥井さん、参加されますぅ？」

「勘弁してくれよ」

達也は肩をすくめる。

「そんなのやってるの、二十代の若い子だけだろ。うちのラウンジの客層に合うのかよ」

「ところがですねぇ。ツーラインアフタヌーンティー、実は若い世代に、結構受けてるんですよぉ」

得意げな表情で、瑠璃がゲストファイルを引き寄せた。

「ほら、見てくださいよ。昨年に比べて、若い世代からの予約が増えてます。特に二十代のゲストが爆増《ばくぞう》ですぅ」

「へえ、意外だな」

瑠璃が開いたページに、達也も視線をやった。

そもそも涼音がツーラインを考案したのは、常連や年齢層の高いゲストの要望に応えようとしたことがきっかけだったはずだ。

「私は分かりますよ」

ラウンジスタッフの中で唯一の二十代となった瑠璃が、へらりとした笑みを浮かべる。

「だって、選択肢のない世代ですから」

その一言に、達也は微かに息を呑《の》んだ。

達也は昭和生まれだが、九〇年代後半に生まれた瑠璃にとって、世界は不安定で一層窮屈なのかも分からない。

「まあ、クリスマスアフタヌーンティーはともかくとして、選択肢があったところで、ヘタレの我々としては、たいして選べないかもしれませんけどねぇ」

猛烈な勢いでキーボードを打ちながら、瑠璃が続ける。

「パリピとか、コミュ障とか、陽キャとか、陰キャとかって、カテゴライズするのも、そうやってキャラづけして自分を護《まも》ってるだけですから。〝私はこうなんで、それ以外は無理でーす〟〝分かってくださーい〟って、端《はな》から周囲に言い訳してるんです」

「そういうものかね」

コーヒーを一口飲み、達也は息をついた。朝から働き通しで、ランチも厨房で立ったまま食べたので、こうして腰を落ち着けるのは今日初めてだ。

「そっすよ」

ディスプレイを見つめたまま、瑠璃が淡々と頷く。

「そのほうが、色々手間が省《はぶ》けますから」

手間――。

瑠璃が口にした言葉の意味を、達也はぼんやり考えた。

たとえば。

自分に識字障害《ディスレクシア》があることをオープンにしてしまえば、物理的な手間は随分と省けるだろう。

しかし、人の心はもっと複雑だ。

〝配慮〟に傷つくことだってある。

「手間かけたくないから、恋愛もバイト探しも転職もアプリ頼りですしね。ときめきは、〝推《お》し〟で補充すれば充分だし」

達也の屈託をよそに、「話変わりますけどぉ」と、瑠璃が続けた。

「うちは両親がバブル世代なんで、やたら九〇年代の映画のＤＶＤがあるんですけど、あの時代のハリウッド大作って、人類滅亡ものばっかりですよ。『アルマゲドン』とか、『ディープ・インパクト』とか。『インデペンデンス・デイ』とか。地球、どんだけ巨大隕石《いんせき》落ちてきて、どんだけ宇宙人から狙われてるんだって話ですよ」

「ハリウッド大作なんて、大概《たいがい》そんなもんだろうな」

達也は苦笑する。

「でも、そういうのを娯楽として楽しめるのって、余裕がある証拠ですよ。別に巨大隕石が落っこちてこなくても、凶悪な宇宙人が大挙《たいきょ》して攻めてこなくても、明日どうなるかなんて、誰にも分かんないじゃないですか」

不景気、金融危機、震災、水害……。

確かに瑠璃が生きてきた時間は、そんなことの繰り返しばかりだったかもしれない。そこに選択肢などどこにもなかったことを、子供の頃から嫌というほど見てきたのだろう。

「だから、盛るんですよ。顔も、日常も、盛り盛りに」

あっけらかんとした瑠璃の声が、二人だけのバックヤードに響く。

「でないと、楽しくないじゃないですかぁ。余裕と選択肢がない代わりに、我々は常に最短をいくんです」

瑠璃がディスプレイ越しに顔を上げた。

「これが素顔じゃないことくらい重々自覚してますけどぉ、まあ、これが私の最短ルートな訳でしてぇ」

完璧なメイクを施《ほどこ》した顔を、瑠璃は自分で指さす。

「飛鳥井さんだって、〝そういうんじゃない〟とか言ってる場合じゃないと思いますよぉ」

茫然《ぼうぜん》と見返す達也の前で、瑠璃はあざといまでに可愛《かわい》らしい笑みを浮かべてみせた。

「要するに、自分に照れてる暇なんて、どこにもないってことです」


翌週、ブノワ・ゴーランが、桜山ホテルにやってきた。

氏の来日を歓迎するように、庭園の木々が色とりどりに染まっている。

イロハモミジの赤。ケヤキの朱。イチョウの黄色――。

バンケット棟のレストランホールから見渡す硝子《ガラス》越しの風景は、まるで金襴緞子《きんらんどんす》のようだ。

今や東京の紅葉の見ごろは、十二月半ばまでずれ込んでいるらしい。

達也はバンケット棟のフレンチレストランのパティシエたちと一緒に、ゴーランがマンハッタンの厨房から持ってきたクロカンブッシュのパーツの組み立てを手伝っていた。

時刻は午後四時になろうとしている。レストランのディナータイムが始まる前に、設営を終わらせなければならない。ラウンジは忙しい時間だが、厨房の指揮はスー・シェフの朝子に任せてきた。

ホールには、いくつもコンテナが運び込まれている。ゴーランの指示に従い、バンケット棟のレストランのスタッフが慎重にパーツを取り出していた。

シューを高く積み上げれば積み上げるほど、天に近づき幸福になれる。

そんな言い伝えを持つお菓子だけに、運ばれてきたパーツを組み立てると、ゆうに二メートルを超す高さになった。

土台となるシューをこれだけ焼くのは大変な作業だったろう。

時折窓の外の紅葉に見惚《みほ》れながら、始終、穏やかな笑みをたたえて指示を出しているゴーランの横顔を、達也はさりげなく眺めた。

四十半ばでミシュランの二つ星を獲得したゴーランは、マンハッタンでフレンチレストランを経営するほか、南仏に果樹園を併設したパティスリーを構える優秀な実業家でもある。

ゴーランが栽培《さいばい》から手をかけた果実で作るコンフィチュールは、ヨーロッパでも人気のブランドだ。今回、シューの間に飾られたマカロンにも、糖度の高いコンフィチュールがたっぷりと挟まれているらしい。

それにしても本当に見事な細工だ。

パーツを組み立てながら、達也は感嘆を禁じ得なかった。

クロカンブッシュを彩る薔薇の飴細工は、咲き始めから満開まで一つ一つ形が異なり、息を呑む精巧さだった。

ほとんど芸術品と言っていい技巧を凝らした細工だが、日本のウエディングケーキのように造花を飾ったりはせず、あくまで食材のみで構成しているのが、いかにも美食の国フランスの菓子らしい。

日本の純白のウエディングケーキは、実のところ、フランスの祝い事に欠かせない、このクロカンブッシュの影響を受けていない。

日本で主流のウエディングケーキの源流は、アフタヌーンティー同様、十九世紀のイギリス、ビクトリア時代に遡《さかのぼ》ると言われている。あのアンナ・マリアを寵愛したビクトリア女王の第一王女の結婚式に、初めて二メートル近い三段重ねの巨大ケーキが登場し、世界的なニュースになった。

それがなぜか太平洋戦争後の日本に伝わり、一世を風靡《ふうび》したというのが、現代まで伝わる日本式ウエディングケーキの来歴だ。

ビクトリア時代の三段重ねのケーキにはそれぞれ用途があり、一番下は宴席に参加した人たちが新郎新婦と共にその場で食べ、二段めは宴席にこられなかった人たちへ配られ、一番上は新郎新婦が持ち帰り、第一子が誕生したときに改めて食べたと伝えられている。

要するに、一番上のケーキが腐《くさ》る前に、第一子を誕生させろということなのだろう。

専門学校時代の恩師、直治からこの話を聞かされたとき、随分なプレッシャーだと思ったことを覚えている。

ウエディングケーキのトップ部分が日持ちのする飴細工だったとしても、正直、気分のいいものではない。

「サンクス！」

ゴーランの発声に、考え事にふけりながら手を動かしていた達也は現実に引き戻された。

すべてのパーツが組み立てられ、堂々たるクロカンブッシュが完成している。すかさず広報課のカメラ班がやってきて、盛んに写真を撮り始めた。

達也も数歩離れて、年末のレストランホールを飾る三つのクロカンブッシュを眺めてみる。

高い天井の下、薔薇をモチーフにしたゴーランの華麗なクロカンブッシュを中心に、左に達也の雪の結晶《けっしょう》をモチーフにしたもの、右に松竹梅《しょうちくばい》をモチーフにしたバンケット棟のシェフ・パティシエのものがずらりと立ち並ぶ。なかなか壮観《そうかん》な眺めだった。

「それでは、各シェフ、ご自分のクロカンブッシュの前に立っていただけますか」

広報課の女性の指示に従い、達也はゴーランの左隣に立つ。

写真を撮られながらも、何度か背後のクロカンブッシュに眼をやった。ライトを浴びて、三つのクロカンブッシュの飴細工が美しく輝いている。

達也の雪の結晶も、バンケット棟のシェフ・パティシエの松竹梅も、技術的には決してゴーランに引けを取っていない。

でも、なんだろう。

やはり、どこかが中央に立つ薔薇のクロカンブッシュとは違う。善《よ》し悪《あ》しの問題ではない。

それは、多分、感性としか言いようのないものだ。

「食文化」という言葉がある。どんな単純な料理でも、その背後には、その国や地方の歴史、風土、文化が潜んでいる。菓子もまた然り。

日本人が、西洋人と同じ感性で西洋菓子を作ることは、やはりできないのかもしれない。

ましてや、自分は――。

「飛鳥井さん、笑ってください」

広報課の女性の囁《ささや》き声で我に返る。知らないうちに、相当険しい表情を浮かべていたらしい。

眉間のしわを解き、達也はカメラのレンズに顔を向けた。

ふと視線を感じ、隣を意識する。

傍らのゴーランが、こちらをじっと見た気がした。


その晩、達也は一人でラウンジの厨房に残り、来週から始まるイヤーエンドアフタヌーンティーの素材をチェックしていた。

段ボールに積まれた山もりの柚子が、爽《さわ》やかな香りを漂わせている。

そのうちの一つを、達也は手に取ってみた。ひんやりとした柚子には、ずっしりと重みがある。しっかり中身が詰まっている証拠だ。

達也は結局、高知《こうち》産の柚子を選んだ。高知県馬路村《うまじむら》は、良質な柚子の産地として知られている。へたの切り口はまだ青く、瑞々《みずみず》しい芳香が鼻腔《びこう》をくすぐった。

柚子は捨てるところがない。皮はもちろん、搾《しぼ》りかすや種からも、上質の水溶性食物繊維《ペクチン》が取れる。このペクチンは、コンフィチュールを作るときに再利用する。

「タツヤ!」

ふいに呼びかけられ、達也は振り返った。

ラウンジの入り口から、ブノワ・ゴーランが顔を覗かせていた。

「メイ　アイ　カム　イン（おじゃましてもいいかな）?」

「シュアー（もちろん）!」

丸椅子に座っていた達也は、立ち上がって腕を広げた。

ゴーランは、ホテル棟のアンバサダースイートに滞在している。ラウンジの厨房にまだ明かりがついているのを見つけて、入ってきたのだろう。

元々、ゴーランの部屋に、来週から使う柚子を届けるつもりでいた。ついでに、今見てもらおうと、達也はゴーランを招いた。

「いい柚子だねぇ」

達也が差し出した柚子に、ゴーランが満足そうな笑みを浮かべる。

「僕は日本のフルーツの中で、柚子が一番好きだよ」

今回、イヤーエンドアフタヌーンティーのコラボメニューとして、ゴーランは柚子のコンフィチュールとマカロンを作ることが決まっている。

達也から手渡された柚子の香りをかぎながら、ゴーランは、現在、抹茶《まっちゃ》に続いて柚子がヨーロッパのスイーツ界に旋風《せんぷう》を巻き起こしつつあることをひとしきり話してくれた。

「柚子は日本のフルーツの中で、一番、ナチュラルなものだと僕は感じる。本来、フルーツはこれくらい不揃《ふぞろ》いなものだよ」

段ボールに詰め込まれた大小の柚子を、ゴーランが指し示す。

「でも、日本の百貨店やスーパーで売っているフルーツは、なんであんなに粒や形が揃っているんだろう」

ゴーランは微かに眉根を寄せた。

「きっちりと形の揃った、傷一つないフルーツがパッキングされているのを見ると、僕にはそれがナチュラルなものではなく、工場で作られた製品《プロダクト》のように見えてしまう」

成程——。

達也は頷いて、段ボールの中の不揃いな柚子を見やる。

それが市場のニーズだからかもしれないが、日本の売り場の果物や野菜は、とにかく形や大きさが綺麗《きれい》に揃っているものが多い。よくよく考えてみれば、確かに不自然だ。

「若い頃、僕は日本の田舎町《カントリーサイド》に滞在していたことがあってね」

そう言えば、そんなプロフィールを読んだ覚えがあった。

「どちらにいらしたんですか」

「イバラキだよ」

ゴーランの返事に達也は驚く。

「僕は茨城の出身ですよ」

達也の言葉に、「オウ！」とゴーランも眼を丸くした。

茨城と言っても達也の実家からは離れていたが、二十代の頃、ゴーランは知人の伝《つて》で常陸太田《ひたちおおた》の葡萄《ぶどう》農園内のカフェで働いていたことがあるそうだ。

そこでゴーランが一番驚いたのは、形が悪かったり、少しでも傷ついていたりする葡萄は、ほとんど売り物にならずに捨てられてしまうことだった。

味は変わらないのに、信じられないことだとゴーランは首を横に振った。

「それに、日本のフルーツは、びっくりするほど糖度が高い。あんまり糖度の高いフルーツは、スイーツの加工には向かないと僕は考える」

たとえば、と、ゴーランは続ける。

「日本のチェリー……サトウニシキは、そのままで食べるのが一番美味しい。あんなに糖度の高いチェリーは世界でも珍しい」

達也は「ええ」と頷いた。

対して、酸味の強いフランスのグリオットチェリーは生食には向かない。だから、コンフィチュールにしたり、コンポートにしたりして食べるのだ。

「杏子《あんず》でも、林檎でも、日本のフルーツは糖度が高すぎて、フルーツ本来の酸味や渋《しぶ》みが感じられない。そのまま食べるには、とても美味しいけれどね」

ゴーランの話を聞きながら、「だから柚子なのか」と、達也は納得した。

酸っぱすぎる杏子や林檎は、果物を生《なま》で食べることの多い日本ではほぼ淘汰《とうた》されてしまっている。昔ながらの味わいを残しているのは、薬味や加工に使われることを主とした柚子くらいだ。

「タツヤ」

ゴーランが改まったように達也を見た。

「僕は、プロヴァンスに果樹園つきのパティスリーを持っている。そこでは、そのまま食べたら口が曲がるほど酸っぱい杏子や、苦いくらい渋い葡萄が、季節ごとにどっさり実をつけるんだ」

温暖な気候の南仏の広大な農園。そこで取れる果物やハーブでフランス菓子を作っているパティスリーの様子を、達也は思い描いた。

不揃いの杏子を大きな鍋《なべ》で砂糖と煮つめて、コンフィチュールを作る。葡萄を枝ごと天日《てんぴ》に干して、ドライフルーツを作る――。

地産地消。昔ながらの田舎町のパティスリー。

そこで働くことは、きっと、西洋菓子を作るパティシエにとって、欧州の食文化を学ぶ貴重な財産になるだろう。

「いってみたいな……」

気づくと、自然に言葉が零《こぼ》れ落ちていた。

「歓迎するよ」

すかさず返ってきた言葉に、達也はハッと眼を見張る。

「既に日本の老舗ホテルのシェフ・パティシエになっている君にこんなことを言うのはおかしいかもしれないが、君はまだ若い。いくらでも経験を積める年齢だ。それに、もしＤＸだということで、なにかをあきらめているなら、そんな必要はまったくない」

さらりと放たれた言葉に、達也ははじかれたようにゴーランを見返した。

「どうして、それを……」

「七年前、パリの製菓コンクールで、君を見た」

「ああ」

達也の唇から、うめくような声が出た。

コンクールのプロフィールに勝手にＤＸであることを明記され、火がついたような勢いで広報に抗議をした当時の記憶が甦る。

「オウザンホテルからインビテーションをもらい、シェフ・パティシエの名前のリストを見たとき、すぐに分かった。タツヤ・アスカイ。僕は、君を覚えている」

ゴーランが、正面から達也を見た。

「あのコンクールは、工芸技術だけじゃなく、味覚の部門もあっただろう。そこで君の作品に高得点をつけたのは、この僕だ」

当時の記憶がみるみるうちに押し寄せてくる。

初めてのパリ。初めての国際コンクール。

胸を躍らせて臨んだのに、現地の記者たちからＤＸについてばかり質問され、耐え切れずにプレスルームを飛び出した。表でタクシーを拾おうとしたものの、どうすればよいのか分からなかった。標識や看板のローマ字が、うねうねと動いて見えた。

中国系イギリス人のシェフ・パティシエに引率されてやってきた自分は、一人ではタクシーにも乗れないのだと思い知らされた。

たった数日間滞在したパリで、自分は心を閉ざし続け、なにも吸収することができなかった。

あのときの審査員ブースに、ブノワ・ゴーランがいたのか。

「カシスとアニスのムースを使ったアントルメだったね。カシスリキュールがよく効いていて、実に美味かった」

ゴーランの言葉が、達也の胸を深く打つ。

悔《くや》しさしか覚えなかった彼《か》の地で、あの日の自分を覚えていてくれた人がいた。DXのパティシエとしてではなく、あのとき自分が作ったアントルメの味を、評価してくれた人がいた。

〝こんなに美味しいケーキは初めてだ！〟

かつての恩師、直治と共に被災地の避難所を回ったときに聞いた声が、達也に製菓を一生の仕事にしようと決心させた。

だけど、そのためにも、やり残したことがあるように思えて仕方がなかったのは、自分が西洋菓子の本場であるヨーロッパの厨房と、その背後にある食文化に直接触れたことがなかったせいだ。

「タツヤ、考えてもごらんよ」

ゴーランが少しいたずらっぽい笑みを浮かべる。

「まったく漢字《チャイニーズキャラクター》を読めない僕は、この国ではDXと一緒だ。だからと言って、茨城の観光農園のカフェでコンフィチュールやソルベを作っていたとき、大きな不便を感じたことはなかったよ。スタッフにはあらかじめ説明しておくし、君の語学力なら、厨房ではなんの不自由もないはずだ。僕も母語は英語だから、少々ぎこちないフランス語でも、スタッフは分かってくれるはずだし」

歓迎すると言ったのは、決してただの社交辞令ではないようだった。

「日本人パティシエの正確で繊細な手仕事を、現地スタッフにも少し学んでほしいと思ってたところなんだ。日本の市場は、僕にとっても大きなマーケットだからね」

正直なところを告げて、ゴーランは達也の肩をたたく。

「このホテルのシェフ・パティシエ並みの賃金を払えるかどうかは保証できないけれど、もし、休職制度があるなら、そういうことも含めて選択肢の一つに入れてもらえたら嬉しいよ。もちろん、返事は今すぐじゃなくていい。でも、君に少しでもその気があるなら、ゆっくり考えてみてはくれないか」

柚子を片手に、ゴーランは軽やかに手を振った。

「お休み《ボンニュイ》、タツヤ。来週からの仕事、楽しみにしてるよ」

踵《きびす》を返して去っていく長身の後ろ姿を、達也はぼんやりと見送る。あまりに突然に色々な情報が降ってきて、すぐに心を整理することができそうになかった。

一つ息を吐くと、思いのほか大きな音で響き渡る。

とりあえず、そろそろ帰ろう。

今はなにも考えられない。ゴーランが言ったことは、追々検討していけばいいだろう。

柚子の段ボールをシンクの下に押し込み、達也はバックヤードへ足を向けた。

半開きになっているバックヤードの扉を勢いよくあける。誰もいないと思っていたその場所に、幽霊のような人影が佇んでいることに気づき、達也はもう少しで大声を出しそうになった。

「……わ、悪い。つい、出そびれちゃってね」

扉の陰で、秀夫が申し訳なさそうな顔をしている。

「須藤さん、まだ、帰ってなかったんですか」

できるだけ冷静な声を出そうと、達也は努めた。

「うん……その……来週、元妻と娘がくると思ったら、なんか、落ち着かなくてね。妙に仕込みに時間がかかっちゃってね。スタッフは先に帰らせたんだけど」

しどろもどろに、秀夫が言い訳めいたことを口にする。

「そうでしたか」

「うん、そうなんだ」

互いの間に、気まずい沈黙が流れる。

きっと帰ろうとしていたところに、ゴーランがやってきて自分と話し始めたので、出るに出られなくなってしまったのだろう。

先刻の話を聞かれていたのだろうか。自分たちはずっと英語で会話していたので、日本語よりは聞き取りづらいはずだけれど。

別に、聞かれたところで、まずい話をしていたわけではない。

それにあんなの、やっぱりただの社交辞令だったかもしれないし――。

「それじゃ……」

「飛鳥井君」

お疲れ様でした、と続けようとした達也を、秀夫が遮った。

「その気があるなら、いきなさいよ」

案外強い調子で告げられて、達也は一瞬啞然《あぜん》とする。

「いや、その、もしかして、聞かれたくない話だったのかもしれないけれど、そういう理由で海外修業の経験がなかったのなら、一度くらい、向こうに滞在してみるのは悪くないと思うよ」

すぐに言葉を返すことができなかった。

〝そういう理由〟

自分にDXがあることを、達也はアフタヌーンティーチームでコンビを組む秀夫はもちろん、スー・シェフの朝子にも、人事にも告げていなかった。

それは、社会人として、不誠実な対応だったのだろうか。

あいつは、普通じゃない――。

かつての同僚の言葉が甦り、達也は押し黙る。

けれど、秀夫はいつも通りの平静な眼差しをしていた。

「実は、若い頃、僕は古典菓子の研究をしていたことがあってね……」

まさか。

秀夫の言葉に、達也は驚く。

「ウィーン古典菓子」

思わず呟くと、秀夫の表情が固まった。

「えぇえぇえっ！」

一拍後、凄《すさ》まじい大声をあげられて、達也のほうが仰天《ぎょうてん》する。

「飛鳥井君、なんで、知ってるのっ?」

「いや、たまたまセレクトブックショップで本を見つけて」

「そんな……。とっくに絶版になってるはずなのに……」

秀夫はふらふらと後じさり、そこにあった椅子にどさりと腰を下ろした。

「まさか、買ったとか?」

恐る恐る尋ねられ、なんだか申し訳なくなってくる。

「買いました」

「読んだのっ?」

秀夫の声がひっくり返った。

「よ、読みました」

見る見るうちに、秀夫が茹でだこのように耳の先まで真っ赤になる。

「あの、須藤さん」

「悪い。ちょっと、立ち直るまで、時間が欲しい」

それからものの十分ほど、秀夫はテーブルに突っ伏していた。

二人だけのバックヤードに、壁に掛けられた時計の秒針の音だけがこちこちと響く。

そろそろ、帰ったほうがいいかな――。

「あのう」

声をかけた途端、秀夫ががばりと顔を上げた。

「飛鳥井君っ」

「は、はい」

秀夫はなにかを言いかけたが、すぐに深い溜め息をつく。

「いやあ、参ったね……」

それから再び黙り込んでしまったが、やがて覚悟を決めたように口を開いた。

「読んでもらったなら分かると思うんだけど、あの頃、僕は一事《いちじ》が万事《ばんじ》あんな調子でね。関西で一度、自分の店を潰しているんだ」

「えっ」

秀夫がかつてパティスリーのオーナーシェフであったことを初めて知り、達也は絶句した。

「当時は既にヌーベルキュイジーヌブームだったたんだけど、それに真っ向から勝負を挑むように、重たい古典菓子を並べた店でね」

ヌーベルキュイジーヌ——。それは、七〇年代から始まったフランス料理の革新だ。リッチなソースを多用する伝統的なフランス料理から脱却し、素材の持ち味を生かしたシンプルな調理法が求められ、その流れはデザート《デセール》類にも波及《はきゅう》した。

日本のフレンチ界でも、八〇年代はヌーベルキュイジーヌが大流行した。

「それでもバブルの時期はまだよかったんだよ」

秀夫は元々フレンチのシェフだったが、ヨーロッパで武者修行をするうちに古典菓子の魅力に目覚め、パティシエに転身した。秀夫が日本に持ち帰った伝統的な古典菓子は、ヌーベルキュイジーヌ大流行のアンチテーゼとして、たびたび話題になることもあったのだそうだ。

「リッチな古典菓子は、酒にも合うからねぇ」

六本木《ろっぽんぎ》の会員制のバーで、バブル時代のスノッブな男たちが、綺麗なドレス姿の女性を侍《はべ》らせながらザッハトルテやアップルシュトゥルーデルを食べている姿を、達也も想像してみた。

ところが、バブルがはじけて市場は一変する。

健康ブームにも押され、砂糖やバターをふんだんに使う古典菓子は敬遠されるようになっていく。

「あの本を書いたのは、丁度そんな時期でね」

時流に逆らうように、秀夫は必死に筆をふるった。随分攻撃的な内容になったのは、己の内心の焦りの表れだと、秀夫は白いものの交じる眉を下げる。

「色々助言してくれる人もいたのに、誰にも耳を貸さなくて……」

いつしか借金ばかりが膨《ふく》れ上がり、店をたたむ以外になくなった。

「別に古典菓子が悪かった訳じゃない。今だって、古典菓子をメインに売っている老舗のパティスリーはたくさんある。ただ、僕は、自分が職人であることに、こだわりすぎてしまったんだ」

「職人……」

達也が繰り返すと、「いや、それも違うか」と、秀夫は首をひねる。その口元に、自嘲《じちょう》的な笑みが浮かんだ。

「僕はね、正直なことを言うと、嫌だったんだよ。ケーキバイキングだとか、デザートビュッフェだとか、なにより、そこに群がる女性たちが」

男女雇用機会均等法の改正を受けて、八〇年代後半から九〇年代はあらゆる職場に女性たちが進出した。バブル経済の崩壊後、〝お試し期間〟を乗り切ろうと懸命に働く女性たちのパワーに、不景気にあえぐ多くの企業が支えられてきたと言っても過言ではない。

昭和のラストランナー世代の達也自身は、そうした世相に別段思うことはないが、しかし、七十代に手が届かんとする秀夫の世代にとっては、まさに青天《せいてん》の霹靂《へきれき》のような出来事だったのかもしれない。

「女の時代、とか言われてねぇ。ほとほと冗談じゃないって思ってたよ」

達也の思いをなぞるように、秀夫が苦笑する。

「急に小金持ちの女性をターゲットにした製品があちこちで生まれてねぇ」

秀夫の言葉に、達也も本や雑誌で読んだ、九〇年代のことを思い浮かべた。

当時、自分はまだ子供だったが、確かにあの時代に、アロマグッズや、スパ・プロダクツといった、働く女性をターゲットにした、昭和にはなかったコンセプトの製品が次々に誕生したように思える。

ティラミスやパンナコッタをはじめとする平成スイーツ革命の担い手も、圧倒的に、社会に出て経済力を持った若い女性たちだった。

「でもね、僕はそれが嫌で嫌で仕方がなかった。今思えば、こんな言い方は酷《ひど》いのだけれど……」

我が物顔で男社会に入ってきた小生意気な女たちに、自分の菓子を食べ散らかされたくなかったのだと、秀夫は言葉を濁《にご》しつつ語る。

どうせ彼女たちは、ふわふわかとろとろしか求めていないのだし。

「フランスでは、菓子は〝おやつ〟ではなく、あくまでもデセールで、料理の延長線上にあるものなんだ。ウィーンのカフェコンディトライでも、トルテとウィンナーコーヒー《アインシュペンナー》を楽しんでいるのは、ランチを終えた後のビジネスマンばかりだった」

自分の作る菓子は、もっと価値の分かる人間に食べてもらいたい。スーツを着たエグゼクティブな男たちに、高級な酒と一緒に商談をしながら楽しんでほしい。

第一、若い女のために菓子を作るのは、大の男のやる仕事ではない。自分は伝統的な西洋菓子を作る、職人だ。

それなのに、急に〝パティシエ〟を名乗る軟弱《なんじゃく》そうな男たちが大勢出てきて、女性好みの軽くてふわふわした菓子を大量に作り始めた。

許せない。あんなものは本物の西洋菓子ではない。

それに群がる価値の分からない女たちも。そんな小娘たちにおもねる軽薄な〝パティシエ〟も——。

「恥ずかしい話、あの頃は、本気でそう考えていたんだ」

きまり悪そうに、秀夫は白髪交じりの頭に手をやった。

伝統的な古典菓子は女子供のためのものではない——。

秀夫が書いた「ウィーン古典菓子」の本を達也がそう読んだのは、あながち間違いではなかったらしい。

「でも、今の須藤さんは、とてもそんなふうには見えません」

達也は口をはさんだ。

「そりゃあ、色々失ったから」

秀夫が寂しげな笑みを浮かべる。

「元々そんな考えだったから、かみさんにも酷くてね。家に帰ったら、コップに水をくむのも自分ではやらなかった。飯が口に合わないと、ぷいと外出したりね。ずっと支えてもらってきたのに、そのことにも気づけなかった」

店をたたみ、逃げるように東京に出てきたときも、奥さんは幼い娘の手を引いて、黙って後をついてきたそうだ。

それから秀夫は雇われシェフに戻り、都内のフレンチや洋食の厨房を転々とし、最終的に桜山ホテルのバンケット棟のレストランにたどり着いた。奥さんもパートに出て、借金の返済に協力してくれたという。

「借金の返済がようやく終わり、娘も成人して、定年も見えてきて。いざ、これからが夫婦の時間だと、こっちは勝手に思ってたんだけどね……」

借金の完済と同時に、離婚届を差し出された。娘は完全に母親の側についていた。母と娘の間では、とうに結論が出ていたのだそうだ。

「二人がそんなことを話し合っていたなんて、少しも気づかなかったよ」

〝これで、お父さんも、もう大丈夫でしょう？　私もパートを続けるし、娘の就職先も決まったから、後はお互い自由にやりましょう〟

淡々とそう告げて、母と娘は荷物をまとめてあっという間に去っていってしまった。二人の後ろ姿を、秀夫は茫然と見送ることしかできなかったという。

秀夫はずっと、自分こそが一家の大黒柱なのだと固く信じていた。自分が苦労しているのだから、家族が苦労するのは当たり前。妻も娘も、己の付属品のように考えていた。

ところが、一人になってみて初めて、自分がどんなに二人に支えられていたかを思い知らされた。

「毎日履《は》く靴下がどこにあるのかも分からないし、洗濯機の使い方も、知らなかったんだ」

整頓《せいとん》された部屋。清潔な衣類。快適な寝具。当たり前だと思っていた日常を保つのに、妻がどれだけ気を配っていてくれたのかを、ようやく悟った。

「僕がケーキバイキングにやってくる女性たちが嫌だったのは、家事を軽視していたからだよ。

旦那《だんな》が汗水たらして働いている間に、随分いいご身分じゃないかと、呆れ果てた気持ちがあったんだ」

しかし、自分で身の回りのことをやらざるを得なくなってから、主婦が一手に引き受けていた家事がどれだけ煩雑《はんざつ》で重労働だったかを思い知らされた。

「居酒屋で酔っぱらって騒いでいる男には寛大でいられたのに、主婦が息抜きするのが許せなかったんだよ。よく考えれば、同じことなのにねぇ」

秀夫はどこまでも自嘲的だが、それに気づけただけでも大変なことではないかと、達也には感じられる。

ほとんどの秀夫世代の男たちは、そうしたことに気づかない。

多分、自分の父も含めて。

「本当は、定年後は夫婦でもう一度小さなパティスリーか、レストランを開きたいと思っていたんだ」

ところが、妻は長い間、引っ越し先のアパートの住所すら教えてくれなかったという。

「よっぽど愛想をつかされてたんだろうなぁ」

秀夫の語尾に溜め息が交じった。

「正直なことを言うと、シニアスタッフとしてこのラウンジにきたときは、腑抜《ふぬ》けみたいな状態だったんだよ」

スイーツの添え物のサンドイッチ――。

アフタヌーンティーのセイボリーなんて、そんなものにしか思えなかった。

「でも、家には誰もいないし、他にやることもないし」

一人残された秀夫は、ラウンジの厨房で粛々と〝添え物〟のセイボリーを作り続けるしかなかった。

「そうでしょうか」

達也は再び口をはさむ。

「須藤さんのセイボリーは、充分に工夫が凝らされていると思います」

事実、秀夫のセイボリーを目当てに、アフタヌーンティーを昼食代わりに食べにくるゲストも多い。

「まあ、一応は長く調理人をやってるからね。半端《はんぱ》なものは作れないだけだよ」

秀夫が白髪頭をかいた。

〝職人〟を自認するだけに、根が真面目《まじめ》な秀夫は、結局、正統派フレンチの流れをくむキッシュやカナッペを丁寧《ていねい》にこしらえていたのだろう。

「だけど、アフタヌーンティーなんて、最初は、やっぱり気が抜けてねぇ」

〝ただの茶と三段の皿にのっけただけの菓子に、大枚を払う人間が、東京にはそんなにいるのか？〟

〝どうせなら、もっといいものをご馳走しろ〟

〝築地の寿司とか、浅草の牛鍋とか、銀座の天麩羅とか……〟

電話口で騒いでいた父の声を思い出し、達也は唇を結ぶ。

父もまた、アフタヌーンティーは、〝大の男〟が食べるものだと思っていないのだろう。

「もしかしたら、菓子に偏見《へんけん》を持ってるのは、僕自身だったのかもしれないよ」

達也の心を読んだように、秀夫が続けた。

「古典菓子の魅力に取りつかれたのは事実だけど、心のどこかで、差別化したかったのかもしれない。〝おやつ〟じゃない、古典菓子だ。〝菓子や〟じゃない、職人だって。子供の頃から、〝お菓子やさん〟は、女の子の夢って、相場が決まっていたからね」

性差にこだわってしまうのは、父や秀夫の世代なら、致《いた》し方《かた》ないのかもしれない。随分長い間、そうした価値観が当たり前とされてきたのだから。

男なんて、押し並べて女より小さいのにさ……。

達也は密かに自嘲する。

「でも、このラウンジのゲストを見るうちに、段々、気持ちが変わっていったんだ」

達也の考えをよそに、秀夫が眼を細めた。

「あの本にも書いたけど、僕は〝甘いものが人を幸せにする〟っていう、曖昧なファンタジーが好きじゃなくてね。それより、伝統菓子の後ろにある、文化や風土や歴史に思いを馳《は》せてくれと、そんなことばかり考えていたんだよ。しかし、そんなものは、料理人のエゴにすぎなかったのかもしれないいな」

そう語る口元に、柔らかな笑みがのぼる。

「ここでくつろぐゲストを見ていて、アフタヌーンティーっていうのは、時間なんだなぁってつくづく思うようになったんだ」

初老の夫婦。母と娘。久々に会う友人同士。

お茶とお菓子を楽しみながら、大切な人と語らう時間。

ゆっくり過ごし、自分自身を解放する時間。

「そんな時間を、俺は女房にも娘にも、一度もプレゼントしたことがなかったんだ」

いつの間にか、秀夫の一人称が、「僕」から「俺」に変わっていた。

甘いものが人を幸せにするのではなく、それを味わう時間とゆとりが、人を本当に幸せにしているのかもしれない。

「そう考え始めたら、俺にも思い当たる節があってさ」

秀夫の若い時代、ヨーロッパの厨房で日本人が働くのは容易なことではなかった。言葉の壁もあったし、明らかな差別もあった。だからこそ、なにくそと踏ん張ったし、それを乗り越えた矜持《きょうじ》も持てた。

「でも、最近になって、一番思い出すのは、南仏のゆったりした時間なんだよ」

緯度の高いヨーロッパでは、サマータイムもあり、夏はなかなか日が暮れない。李《クウェッチ》の根元に寝転がり、夜の十時近くにようやく赤く染まる空を、いつまでも見つめていた。

頬を撫《な》でる風、熟れたクウェッチの甘酸っぱい香り、田園に暮れていく夕日――。

そうした風景が、今も脳裏に鮮やかに焼きついている。

「飛鳥井君」

秀夫が達也をまっすぐに見た。

「現地へいくと、見えてくるものは必ずある」

達也は黙って視線を伏せる。

目蓋の裏に、プロヴァンスの広大な果樹園が広がった気がした。

「幸い、このホテルには研修のための休職制度もある。それに、もし将来、自分の店を持つつもりがあるなら、現地修業の経歴はやっぱり武器になるよ」

自分の店――。

秀夫の言葉が、達也の胸の深い場所に落ちる。

これまで、そんなことを真剣に考えてみたことはなかった。けれど、今まで心のどこかでうっすらと感じていたジレンマのような欠落が埋められたとき、そこに新しい未来図が浮かぶこともあるのだろうか。

「なんて、ね」

秀夫が照れたように苦笑した。

「散々ヨーロッパで修業した挙《あ》げ句《く》、自分の店を潰してる俺が言っても、まったく説得力がないよなぁ」

アルザスやブルターニュの伝統菓子を作る厨房。ウィーンのカフェコンディトライ。

若き日の秀夫が、そこに居る。

「元のかみさんと普通に話せるようになったのも、実はごく最近なんだ。娘に随分と間に入ってもらってねぇ……」

「須藤さん」

達也は顔を上げた。

「奥さんとお嬢さんのアフタヌーンティーだけ、ザッハトルテを一緒に作りませんか」

秀夫が小さな瞳をハッと見張る。

ザッハトルテはウィーン古典菓子の代表だ。もっとも今回は、柚子ジャムという新しいアレンジを加えることになるのだが。

「喜んで」

一瞬の戸惑いの後、秀夫は深く頷いた。

翌週、秀夫の元妻と娘がラウンジにやってきた。

秀夫の元の奥さんは、少しアンナ・マリアに似た、色白でふっくらとした優しそうな女性だ。同世代と思われる娘は、マニッシュなパンツスーツを着こなす、なかなかのキャリアウーマンタイプだった。

窓の外では、風が吹くたびに、はらはらと紅葉が舞い散っている。その美しい光景に、母と娘は幸せそうな笑みを浮かべた。

メニュー紹介を秀夫に任せ、達也はパントリーからラウンジの様子を眺めていた。

最初こそぎこちなかったが、やがて、秀夫は久しぶりに再会するらしい二人と、和やかに言葉を交わし始めた。

近くのテーブルでは、ソロアフタヌーンティーの鉄人と、涼音がなにやら話し込んでいる。

まだ時間の早いラウンジは比較的空《す》いていて、冬の穏やかな日差しが大きな窓越しにラウンジ一杯に差し込んでいた。

「お疲れ様でぇす」

トレイを手に戻ってきた瑠璃に、達也は好奇心に駆られて尋ねてみる。

「鉄人、今日はなにを飲んでるんだ?」

「一杯めはヌワラエリアですぅ」

渋い。

だが、スリランカの高地で取れる深い香りが特徴のヌワラエリアは、ブノワ・ゴーランの柚子のコンフィチュールをたっぷり挟んだマカロンにぴったりだろう。

もちろん、特製ザッハトルテにも。

「本当ですか」

涼音が小さな声をあげて、嬉しそうに頬を染めた。

一体、なにを話しているのだろう。

思わず、二人の様子を注視してしまう。

ソロアフタヌーンティーの鉄人が、胸ポケットから取り出したものに、達也はハッと息を呑んだ。

鉄人が涼音に手渡したのは、菫《すみれ》のシルクフラワーだった。

その瞬間、バックヤードで、瑠璃に見せられたインスタグラムの画像が甦る。

やっぱり、あのインスタグラムのアカウントのユーザーは、ソロアフタヌーンティーの鉄人だったのだ。

そう悟った瞬間、達也の眼からぱらりと鱗《うろこ》が落ちる。

考えてみれば、そうではないか。

製菓に魅せられる男がいるように、それが職業であろうとなかろうと、シルクフラワーやレースの小物を作ることに喜びを見出《みいだ》し、アフタヌーンティーをこよなく愛する男だっているだろう。

そこに性差を求めるほうがどうかしている。

この世には、〝大の男〟なんてどこにもいない。自分たちは皆、それぞれの仕事に従事し、それぞれの日々の中にささやかな喜びを見出そうとしている人間だ。

太神楽、菊更紗、白侘助、紅侘助……。

咲き始めた椿の花を、一つ一つ、いつくしむように眺め、達也が精魂《せいこん》込めて作ったアントルメを美しく並べたのは、男のものでも女のものでもなく、〝クリスタ〟というアカウント名を持つ、あの人自身の眼差しなのだ。

そしてそれは、「物事の美しい面を見るように心がけたい」と語った涼音の思いともどこか重なる。

そのとき、ふと不思議なことが起きた。

談笑する二人の姿が、切り取られたように目蓋の裏に浮かぶ。

でも、そこは、ホテルのラウンジではない。

パティスリーに併設された小さなカフェ。そこで、涼音が紅茶をサーブしながら、アフタヌーンティーの鉄人や、西村京子と楽しげに言葉を交わしている。

その様子を、達也は満ち足りた気持ちで厨房から眺めている。

ショーケースには、素朴《そぼく》な焼き菓子からモダンなアントルメまでが、宝石のように美しく並べられている。

きっとそこは――。

〝もし将来、自分の店を持つつもりがあるなら……〟

秀夫の言葉が耳の奥で木霊《こだま》した。

「めっちゃ仲良さそうじゃないですかぁ」

傍らの瑠璃があげた声に、達也はハッと我に返る。

途端に、既視感《デジャビュ》は口に含んだ砂糖菓子のようにさらさらと消えていく。

「どうして、別れたんですかねぇ」

瑠璃が不思議そうに首を傾げた。

ラウンジでは、秀夫たちが楽しそうに談笑している。

「最短ルートもいいけどさ」

今日も完璧なフランス人形と化している瑠璃に、達也は声をかけた。

「回り道にも意味はあるってことだよ」

瞬間、つけ睫毛に縁どられた眼を瑠璃が大きく見張る。

その瑠璃をパントリーに残し、達也は厨房へと足を向けた。

近いうちに、自分も両親をラウンジに呼ぼう。

これが、自分が一生をかけて取り組むつもりの仕事だと、父に見せたい気分になっていた。

大きな窓の外、紅葉がひらひらと舞い踊る。やがてすべての葉が落ちて、庭園は冬の装いへと変わっていくのだろう。滞《とどこお》っているように見えて、季節は確実に巡《めぐ》っていく。

すべてはうつろい、なに一つ、昨日と同じものはない。

ただ一つ確かなことは、たとえ巨大隕石が落ちてこなくても、凶悪な宇宙人が大挙して押し寄せてこなくても、我々は皆、いずれ必ず〝自分〟という世界から、なにも持たずに消えていく。

その終わりの瞬間は、遅かれ早かれ、誰にとっても唐突なものだろう。

〝自分に照れてる暇なんて、どこにもない〟

〝タツヤ・アスカイ。僕は、君を覚えている〟

〝偏見を持ってるのは、僕自身だったのかもしれない――〟

瑠璃の、ゴーランの、そして秀夫の言葉が、ないまぜになって、達也の胸に落ちてくる。

今後、自分がどうするのかはまだ分からない。

ただ、この先に進むためには、眼をそらせ続けてきたものと、一度きちんと向き合う必要があるだろう。

大事なのは、傍《はた》から見たときの〝普通〟か否かにこだわることではなく、己にとってなにが一番大切かを見極め、それを選び取るための覚悟を引き受けていくことだ。

そう。

もう自分も、いつまでも自身に臆《おく》しているわけにはいかない。

「山崎《やまさき》さん」

厨房に入るなり、達也はスー・シェフの朝子に声をかけた。

「一段落したら、調理班を集めてもらえないかな」

「はい」

不思議そうに見返してくる朝子に、達也はゆっくりと告げた。

「僕について、皆に話さなければならないことがあるんだ」

最終話

私たちのアフタヌーンティー

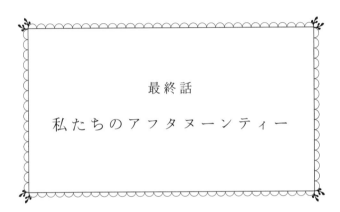

遠くから、鳥のさえずる声が聞こえる。

昨日は肌寒かったが、今日は日差しが柔《やわ》らかく暖かい。

再び、この季節がやってきた。

少し霞《かすみ》がかった空の下、百本ものソメイヨシノが爛漫《らんまん》と咲きほこっている。小高い丘の上に建つホテル棟のラウンジからは、薄紅《うすべに》色の雲が、幾重《いくえ》にも湧きたっているように見えた。

受付でゲストを迎える準備をしていた涼音《すずね》は、しばし手をとめて、窓の外に眼をやった。

大きな硝子《ガラス》窓越しに、一杯に広がる花の雲。しめ縄《なわ》をかけられた御神木《ごしんぼく》の梢《こずえ》に萌《も》え出《い》でた柔らかな緑。丘の裾に見える、朱色《しゅいろ》の小さな鳥居――。

期待と緊張に胸を膨《ふく》らませ、初めてクリスマスアフタヌーンティーのプレゼンに臨んだ日のことが、昨日のように鮮やかに甦《よみがえ》る。

ずっと憧れだったアフタヌーンティーの企画開発。

〝あのさ、随分《ずいぶん》、分厚い企画書作ってきてるけど、これ、全部説明するつもりでいるの?〟

斬新《ざんしん》な企画を提案しようと勢い込み、必要以上に分厚い企画書を作ってしまい、シェフ・パティシエの達也《たつや》に呆《あき》れられた。

〝こんな分厚い企画書、読んでも全然頭に入ってこないよ〟

素《そ》っ気《け》なく言い捨てて、企画書をテーブルに置いたまま、達也は会議室を出ていってしまった。

せめて、最後まで読んでくれたっていいじゃないか――。

その晩、涼音は随分と落ち込み、同じくらい立腹した。別にあんな言い方をしなくてもいいではないか、と。

涼音の唇に、小さな笑みがのぼる。

あれから、一年の歳月が経《た》った。

春は始まりの季節。

冬枯れていた木々の芽が徐々に膨らみ、寒空の下、飴色《あめいろ》の蠟梅《ろうばい》や紅白の梅がつつましくもかぐわしい花を咲かせ、やがて、ソメイヨシノが一斉に満開になると、人は本当に新しい季節が到来したことを実感する。

そして。

涼音の口元に浮かんだ笑みに、少し寂《さび》しげな色が滲《にじ》んだ。

春は別れの季節でもある。

とめていた手を動かし、涼音は薄紅色に咲きこぼれる桜の枝を、レセプションデスクの上の鉢《はち》に活けた。

今日は特別な日だ。

基本的に年中無休のラウンジだが、この日は、正午から夕刻まで、アフタヌーンティーの提供時間が貸し切りになる。

フェアウェルアフタヌーンティー。

名物の桜アフタヌーンティーに、もう一つ、なにか特色のあるメニューを提供できないか。

調理班の達也と秀夫《ひでお》からの打診を受け、涼音が企画したのが、〝旅立ち《フェアウェル》〟をイメージするアフタヌーンティーだった。

入学や入社をはじめとするスタートの季節である四月から、新しい世界に赴く人も多いだろう。そんな人たちに向けて、ちょっとしたエールになるかもしれない「幸運を呼ぶお菓子」を取り入れることを提案した。

しかし、自らが企画したアフタヌーンティーが、まさかこんな形でラウンジに初登場することになろうとは、そのときは思ってもみなかった。

今月末、シェフ・パティシエの飛鳥井《あすかい》達也が桜山《おうざん》ホテルを去ることが決まった。

貸し切りで行われるフェアウェルアフタヌーンティーの主催者は、その達也本人だ。

年末年始の企画イベントで来日したブノワ・ゴーランが南仏で経営する、果樹園つきのパティスリーに、達也は招かれることになったのだ。

長身で優しげな眼差《まなざ》しをしたフランス系アメリカ人、ブノワ・ゴーランの様子を、涼音は思い浮かべる。イヤーエンドアフタヌーンティーの一品としてゴーランが作った柚子《ゆず》のコンフィチュールをたっぷりと挟んだマカロンは、爽《さわ》やかな甘さの中に柚子の皮のほろ苦さが効いていて、ナチュラルなのに華《はな》やかな味がした。

これが、フランス縁《ゆかり》のシェフが作る本場のフランス菓子かと、一度も海外にいったことのない涼音は、眼を開かれる思いで味わった。

来日期間中、ゴーランはバンケット棟でスペシャルビュッフェの陣頭《じんとう》指揮を執っていたため、ホテル棟のラウンジにはあまり姿を見せなかったのだが、合間を縫《ぬ》って、こっそり達也を勧誘していたらしい。

あんなに穏《おだ》やかで温和そうに見えて、その実、彼は案外抜け目ない実業家なのかもしれない。

桜山ホテルには、研修のための休職制度もある。しかし、達也は結局、自分都合で退職する道を選んだ。桜山ホテル側からすれば、シェフ・パティシエを引き抜かれることになったわけだが、達也の退職は円満だった。

五年間、達也はラウンジで誠実にパティシエを務めてきた。三年前にはシェフ・パティシエとなり、いくつもの新しいケーキ類《アントルメ》を考案し、自らの技術を惜しみなく周囲に披露《ひろう》した。

本人にその自覚は薄かったようだが、新しくシェフ・パティシエとなる山崎朝子《やまさきあさこ》が、それを全体会議で代弁した。

達也の下で多くのことを学び、技術を向上させることができたと。

また、それまでに彼女が多くの厨房《ちゅうぼう》で幾度となく経験してきた女性パティシエ《パティシエール》への差別を、達也はただの一度もしたことがなかったと。

当の達也は、朝子が話している間中、至極居心地が悪そうにしていたけれど。

でも、朝子が言ったことは本当だったのだろうと、涼音は思う。

達也はやや人を寄せつけないところがあったが、言い換えれば、誰に対しても態度を変えることがなかった。男性スタッフにも女性スタッフにも同じように接し、新人スタッフがミスをしても、人前で罵《ののし》るようなことは決してしなかった。当初、理想論が過ぎた涼音にきつく当たっていたのも、調理班のスタッフの立場を慮《おもんぱか》ってのことだ。

なにより、涼音自身が、一人で厨房に残って熱心にアントルメを試作している達也の姿を何度も見ていた。

無愛想で、いささか人当たりが悪いけれど、真面目《まじめ》で、本当は優しい。

その達也の美質を、一緒に働く朝子をはじめとする調理班のスタッフたちは、きちんと受けとめていたに違いない。

だから、昨年末、達也が自分にローマ字の綴り《スペル》に対する識字障害《ディスレクシア》があることを打ち明けたときも、厨房に大きな混乱は起こらなかった。

差別はある、と呉彗怜《ウースイリン》は言った。

それに気づかないのは、〝誰からも差別を受けたことがない、びっくりするほど心が健康な人〟だけだと。

事実、そうなのだろう。

かつて達也は、ディスレクシアが原因で、傷つけられた過去があったらしい。

うっかり指摘してしまい、普段冷静な達也が激昂《げっこう》したことに、涼音は驚かされた。

それ以来、できるだけ触れないようにしていたその事実を達也自身が打ち明けるまでには、相当の葛藤《かっとう》があったのかもしれない。

けれど、すべてを打ち明けてから、達也は表情が柔らかくなった。

常に張りつめていた部分が緩み、ラウンジでも会議室でも、以前より余裕があるように見えた。

その余裕が、達也に南仏行きを選ばせたのだろうか。

窓の外で、桜の花をついばんでいた尾長《おなが》がぱっと飛び立つ。薄青い羽を広げて霞がかった空へ飛んでいく姿を、涼音はじっと見つめた。

「スズさーん」

背後から明るい声が響く。

振り返れば、瑠璃《るり》が他のラウンジスタッフたちと一緒に、硝子コップに活けた桜の花をワゴンで運んでくるところだった。今日はラウンジの各テーブルを、咲き誇るソメイヨシノの花で飾るのだ。

「すごく綺麗《きれい》。本当にいい季節だね」

涼音は顔をほころばせた。

「花粉、半端《はんぱ》ねえすけどねー」

まだゲストが到着していないせいもあるが、瑠璃が明け透《あす》けな口調で答える。

最近、瑠璃も少しだけ様子が変わった。相変わらずフランス人形のように装っているが、土日に徹夜《オール》で盛り上がるのは控《ひか》えているようで、会議中に考え込んでいるふりをして熟睡《じゅくすい》するようなことはなくなった。

パリピは卒業かと尋ねたところ、「いやー、別にそんなんじゃないんすけどねぇ」と、照れたように笑っていた。

本人曰《いわ》く、マッチングアプリで知り合った連中とパーティーで盛り上がるのは、近道なようでいて、実は遠回りなのではないかと気づいたのだそうだ。

「大体、私、マッチングアプリに〝趣味・お料理とお菓子作り〟とか大嘘書いてますからねぇ」

どうせ回り道をするなら、もう少し正直なものにしたい、というのが瑠璃の弁だ。意味はよく分からないが、なんらかの心境の変化があったようだった。

以前、瑠璃は休み時間もバックヤードで死んだようにテーブルに突《つ》っ伏《ぷ》していることが多かったが、このところは熱心にスポーツ新聞を読んでいる。

なんでも、あの〝美しすぎるイギリス人ジョッキー〟クレア・ボイルが、南関《なんかん》競馬での短期免許取得外国人騎手の最多勝記録を更新したのだそうだ。それを聞いたとき、涼音の脳裏にも、長い金髪を肩に垂《た》らした、深紅の薔薇《ばら》のようなクレアの姿が浮かんだ。

あんなに華奢《きゃしゃ》で美しい女性が、男性騎手に交じって大きな馬を駆《か》っているなんて、今でも信じられない。

けれど、圧倒的な少数派でありながら、そうやって確実に記録を更新している女性がいることは、競馬をまったく知らない涼音でも、大いに勇気づけられるものがあった。

パリピを卒業したとしても、毎日を全力で楽しむことをやめるつもりはないという瑠璃は、「日本の女性騎手だって、負けちゃいないですからね。ゴーゴー、芦原瑞穂《あしはらみずほ》とフィッシュアイズ」と、鼻歌まじりで「馬柱《うまばしら》」とやらに赤ペンでマークをつけながら、フランス人形の皮の下からオッサンの顔を覗《のぞ》かせていた。

さてと……。

テーブルセッティングを瑠璃たちに任せ、涼音はゲストリストの確認をする。

この日、ラウンジに集まるのは、達也の故郷の両親をはじめとする、特別なゲストばかりだ。年末にもイヤーエンドアフタヌーンティーを食べにきていた秀夫の元奥さんと娘さん、バブル世代だという瑠璃の両親、達也の専門学校時代の恩師。そして涼音は、祖父と母を初めてラウンジに招待した。

父と兄にも一応声はかけたのだが、「茶と菓子に興味はない」とのことだった。それもまた、アフタヌーンティーに対する率直な意見の一つだと、涼音は受けとめている。

もうすぐ育児休暇が明ける香織《かおり》も久々にラウンジにくる予定だったが、今朝早くにキャンセルの連絡が入った。一歳になったばかりの春樹《はるき》君が、突如発熱したのだそうだ。

〝楽しみにしてたんだけど、とにかく病院にいかないと〟

電話越しに告げる香織の声は、ひどく切羽《せっぱ》詰まっていた。

早くよくなるといいのだけれど……。

育児休暇は約一年で終わりだが、たった一年で育児が楽になるというわけでもないのだろう。

今なおワンオペレーションに近い状態で子育てをしているらしい香織の境遇を思い、涼音は小さく息を吐いた。

気を取り直し、再びリストに眼を落とす。

スタッフの関係者以外のゲストは、毎シーズンごと、ラウンジを訪れてくれていた常連客だ。

「遠山《とおやま》さん」

聞き覚えのある声に顔を上げ、涼音はハッと眼を見張る。

まさに、その常連客のうちの一人。

この日、涼音が特に再会を楽しみにしていたゲストが、大きな花束を抱えてラウンジの入り口に佇《たたず》んでいた。

度の強い黒縁の眼鏡《めがね》に、ベージュの地味なスーツ。

約一年ぶりに会う西村京子《にしむらきょうこ》は、相変わらず、控えめで、どこかおどおどした雰囲気を漂わせていた。

「西村さん!」

リストをデスクに伏せ、涼音はレセプションを離れる。

「早く着きすぎちゃいました」

「いえ、どうぞこちらへ」

申し訳なさそうに眉《まゆ》を寄せる京子を、涼音は入り口のソファへと招いた。

〝ここへくることは、今後二度とないだろうと思います。ごめんなさい〟

深々と頭を下げて去っていった京子が再びラウンジを訪れてくれたことに、涼音の胸がじんと熱くなる。

涼音にとって、初めてのヒットとなったツーラインのクリスマスアフタヌーンティーのヒントをくれたのは、かつて常連客だったこの西村京子だ。

「これ、シェフに」

京子が花束を差し出す。

ピンク色の薔薇に、可憐《かれん》なフリージアやスイートピーを併せた、春らしい花束だった。

「わざわざありがとうございます」

花束を受け取り、涼音は京子と一緒にソファに腰を下ろす。

「西村さん、今日はお待ちしておりました」

涼音の心からの歓迎に、京子が度の強い眼鏡の奥の眼元を赤く染めた。

「本当は、もっと早くきたかったんですけど」

京子がうまくいっていなかった職場に見切りをつけ、年末から転職活動に励《はげ》んでいたことを、涼音はソロアフタヌーンティーの鉄人から聞いていた。

アフタヌーンティーや創作アクセサリー……。鉄人が趣味で綴《つづ》っているインスタグラムに、ある日、京子からダイレクトメッセージが届いたのだそうだ。

失礼ですが、以前、マインドフルネスの趣旨《しゅし》で、私をかばってくださった方ではないでしょうか、と。

ラウンジにきていなかった間、京子は鉄人のインスタグラムの投稿を、ひたすら楽しみに見ていたらしい。

「今日は同じお席にご案内しますね」

涼音は制服のシームポケットから、鉄人にもらった菫《すみれ》のシルクフラワーを取り出してみせた。

「嬉しい」

京子がようやく緊張の解《ほど》けた顔で微笑《ほほえ》む。

今回のフェアウェルアフタヌーンティーはラウンジがほぼ満席になるため、ビュッフェ形式にするという案も出たのが、主催者である達也が、全テーブルに三段スタンドで提供することにこだわった。

今頃厨房では、達也と秀夫を中心に、調理班のスタッフたちが大車輪で駆け回っているだろう。

もう少ししたら、涼音も配膳室《パントリー》へ応援に向かうつもりだ。

この可憐な花束は、達也に渡す前に、パントリーの花瓶に活けておこう。

「遠山さん」

涼音がそんな算段をしていると、京子が改まったように居住まいを正した。

「私、ようやく新しい職場が決まったんです」

「おめでとうございます！」

涼音の率直な歓声に、「いえ」と京子は首を横に振る。

「そうは言っても、結局パートみたいなものなんです。前の派遣先に比べると、お給料はぐんと下がるし、オフィスも狭《せま》いし、若い社員も全然いなくて、簡単なエクセル表を作っただけで、眼を丸くされたりするんですよ。この会社、本当に大丈夫なのかなって、ちょっと心配になっちゃいます」

苦笑した後、京子はしんみりとした表情を浮かべた。

「でも、今の職場には、資格の勉強をしている私をバカにする人はいません。休憩時間に参考書を読んでいても、定時に上がっても、陰口をたたく人は、一人もいません」

世にも美味《おい》しそうにアフタヌーンティーを食べた後、いつも制限時間一杯、紅茶を飲みながら翻訳《ほんやく》検定の勉強をしていた京子の姿が、涼音の脳裏をよぎる。

「遠山さん、以前、話してくれましたよね。お菓子はご褒美《ほうび》で、だからアフタヌーンティーは、最高のご褒美じゃないかって」

「はい」

昨年の春、庭園のベンチで夜桜を見上げながら、二人でそんなことを話したのを、涼音も思い出した。

「祖父の受け売りなんですけど」

「すてきなおじいさまですね」

「ありがとうございます」

京子の賛辞に、涼音は頭を下げる。

広島《ひろしま》に新型爆弾が落とされる二か月前。「演劇疎開《そかい》」という名目で、広島へ慰問《いもん》に赴いた劇団の看板女優からもらった二つの牡丹《ぼた》餅《もち》が、上野《うえの》の地下道で寝起きしていた祖父の人生を変えた。

以来、祖父はずっと、甘いお菓子を食べる「おやつの時間」を、誰よりも大切に生きてきた。

お菓子はご褒美。だらしない気持ちで食べてはいけない。

子供の頃から、涼音は祖父にそう言い聞かされて育ってきた。

台所に置かれていた陶器《とうき》の菓子鉢《かしばち》に盛られていたのは、新型爆弾で帰らぬ人となった恩人への祖父の思いと誓いでもあったのだろう。

「でも、私、あのとき、本当は恥ずかしかったんです」

呟《つぶや》くような京子の言葉に、涼音は我に返る。

「恥ずかしい？」

思わず聞き返すと、京子はそっと頷《うなず》いた。

「ご褒美って、頑張《がんば》った人がもらうものですよね。私はあのとき、ただ逃げていただけですもの」

そう言われてみれば、その話をした直後に、京子がふっと表情を曇らせたことを、涼音は思い出した。

「同僚たちがファミレスやチェーン店のカフェで愚痴《ぐち》や噂話《うわさばなし》を言い合っている間に、一人でホテルの優雅《ゆうが》なラウンジにいるっていう事実だけに、酔ってたんです」

自分をバカにしたり、疎外したりする人たちに内緒で、豪華なアフタヌーンティーを楽しむ――。

そのことこそが、最高の贅沢《ぜいたく》だった。

女子会の五人組に散々揶揄《やゆ》されて、逃げるようにラウンジを後にした京子を追いかけたとき、彼女の口からそう聞かされた。

〝でも、もう、ばれてしまった……〟

泣き出しそうな顔をしていた京子を思い返すと、今でも胸が痛くなる。

「西村さん……」

「だけど、私、今、結構頑張ってるんですよ」

京子が吹っ切れたような口調で続けた。

「今年から、やっと本気で、翻訳学校の夜間コースにも通い始めたんです。まだ初級レベルですけど」

「すごい！」

涼音は感嘆《かんたん》の声をあげる。

涼音自身、ティーインストラクターの資格をいずれ取りたいと思いつつ、つい忙しさにかまけて、動き出すことができずにいる。

新しい環境に足を踏み入れるのが怖いと言っていた京子が、どんどん前へ進もうとしている姿が素直に眩《まぶ》しかった。

「今の職場は、人間関係が煩《わずら》わしくない分、集中して仕事をすれば、割と定時に帰れますから」

京子がはにかんだ笑みを浮かべる。

「ただ、お給料は下がりましたし、学費もかかりますから、以前のように頻繁《ひんぱん》にはラウンジへ伺えないと思います。でも……」

明るい眼差しで、京子は涼音を見た。

「ときどき、ご褒美をいただきに参ります」

その言葉を聞いた瞬間、花束を抱えた涼音の胸に、もう一つ、ぱっと薔薇のつぼみが開く。

心に咲いた可憐な薔薇は、眼の前の京子の笑顔に重なった。

「お待ちしております」

涼音は心からそう告げた。

そのために、これからも最高のアフタヌーンティーを追求し続けたい。

新たな決意が、涼音の身体《からだ》の奥底からふつふつと湧いてくる。

「西村さんからご提案いただいたクリスマスのツーライン、すごく好評だったんですよ」

本音を言えば、京子にも食べてもらいたかった。

常連のアンケートをもとに構成した、クラシカルアフタヌーンティー。

「すごく伺いたかったんですけど、再就職を決めるので精一杯で……。あ、でも、今日の特製菓子《スペシャリテ》にも興味津々《しんしん》です」

京子の言葉に、涼音の口元に会心の笑みが浮かんだ。

実を言えば、フェアウエルアフタヌーンティーのスペシャリテに選んだ菓子にも、京子からもらったヒントが活きている。

今回、涼音が〝旅立ち〟をテーマに選んだスペシャリテは、スペイン・アンダルシア地方の伝統菓子、ポルボロンだ。

アンダルシア地方の修道院の厨房から生まれたと伝えられるポルボロンは、「幸運を呼ぶお菓子」とも言われている。ポルボロンとは、スペイン語で「ほろほろと崩《くず》れる」という意味だ。

煎《い》った小麦粉と、アーモンドプードルを使うこの菓子は、粘《ねば》りのもととなるグルテンが少なく、口に入れた瞬間、柔らかく溶ける。

その口当たりは実に独特だ。

達也が作った試作品を食べたとき、涼音も大いに驚いた。焼き菓子でもあるポルボロンは、決して表面が柔らかいわけではないのだが、口に含んだ瞬間、ほろほろと崩れ、上品な甘みを残して、舌に吸い込まれるように消えていく。

噛む必要がないほど柔らかく繊細《せんさい》な口当たりも魅力だが、ポルボロンにはもう一つ、とっておきの楽しみ方がある。

願い事をしながら口に入れ、溶け切る前に「ポルボロン、ポルボロン、ポルボロン」と三回唱《とな》えることができれば、願いがかなうという言い伝えがあるのだ。

アンダルシア地方では、クリスマスや誕生日などのおめでたい日にポルボロンを食べ、将来の夢の成就を占《うらな》うという。

そのおまじないのような唱え言《ごと》と、前途を占うおみくじのような要素が、「旅立ち」にぴったりではないかと、涼音は考えた。

この先、選んだり、願い事をしたりといった、ゲストにも能動的に参加してもらえるアフタヌーンティーをいろいろ企画してみたいと、涼音は目論《もくろ》んでいる。

今後、桜山ホテルは、達也が赴くことになるブノワ・ゴーランの南仏のパティスリーと専属契約を結ぶことになるようだ。この契約も、達也の円満退社の一因になったと聞いている。

ならば、できるだけたくさんの種類のコンフィチュールを仕入れてもらい、スコーンに合わせて、ゲストに自由に選んでもらうというのはどうだろう。

「すてき！」

涼音が構想を話すと、京子が分厚いレンズの奥の瞳《ひとみ》を輝かせた。

「パレットみたいに、少しだけコンフィチュールをお皿に載《の》せて、味見しながら選んでもらったり……」

言い終わらないうちに、「いいですね！」と京子が親指を突き立てる。

ツーラインの構想を語り合ったときも、京子が同じ仕草をしたことを思い返し、涼音は噴き出した。

気づいたときには、二人とも、肩を揺らして大笑いしていた。

最高のアフタヌーンティー。

きっとそれは、ゲストとスタッフが一緒になって作り上げるものだ。

それを最初に教えてくれたのが、京子だった。

そうこうしているうちに、瑠璃たちのテーブルセッティングも終わり、三々五々、ゲストがラウンジに集まり始めた。

京子がテーブルに着くのを見届け、涼音は花束を抱えてパントリーへ向かう。手早く花束を花瓶に活けて、紅茶の準備を始めた。

春摘みのダージリンに、オオシマザクラの花と葉をブレンドした桜ティー。

アッサムの茶葉に、ウイスキーとカカオの実をブレンドしたアイリッシュウイスキークリーム。

それから、ルイボスとカモミールをブレンドした、ノンカフェインティーも用意する。

業務用のケトルで大量の湯を沸かしていると、瑠璃が数人のスタッフと一緒にパントリーに入ってきた。

「うわ、綺麗ですねぇ」

早速瑠璃が花瓶の花に眼をやる。

「常連さんから、飛鳥井シェフにいただいたの」

「メガネっ子さん、復活ですね」

涼音の言葉に、瑠璃も嬉しそうな顔をした。

「スズさん、ここは引き受けますので、レセプションをお願いします。そろそろ皆さん、おそろいですよ」

「それじゃ、ここは瑠璃ちゃんたちにお任せするね」

ティーポットを並べるのを瑠璃たちに託し、涼音は再びラウンジへと向かった。

ラウンジへ足を踏み入れた瞬間、大きな窓の向こうに爛漫と咲きほこるソメイヨシノが、眼前に迫ってくる。室内にいるのに、まるで桜の山の中にいるようだ。

外資系ホテルの高層ラウンジから眺める大都会のランドスケープも捨て難いが、都心でこれだけ自然にあふれる景観を望めるのはやはり貴重だ。

やってきたゲストたちも、窓の外の見事な光景に、一様に感嘆の声をあげた。

今日はレセプションデスクで受付をしながら、三つの茶葉から紅茶を選んでもらう。やはり圧倒的に人気があるのは、この時期にしか登場しない桜ティーだった。

「涼音」

やがて、祖父の滋《しげる》が、母と一緒にラウンジに入ってきた。

「おじいちゃん！」

涼音は弾んだ声をあげる。ツイードのジャケットを着た滋は、いつもよりずっとお洒落《しゃれ》に見えた。

「えらく綺麗なところだなぁ」

眩しげに周囲を見回す祖父を、涼音はテーブルまで案内する。祖父は眼を細めながら、桜の花で飾られたテーブル席に着いた。

それぞれのテーブルで、和やかに言葉を交わしているゲストたちの様子を、涼音はゆっくり眺めてみる。

祖父と母のテーブルの傍《そば》では、ソロアフタヌーンティーの鉄人と京子が、なにやら熱心に話し込んでいた。

滋は、その二人が、以前涼音が話した「鉄人」と、「美味しそうに食べるＯＬ」だと気づいたようで、親近感あふれる眼差しを隣のテーブルに注いでいる。母は、見ているこちらが恥ずかしくなるほど、浮き浮きした様子だ。

向かいのテーブルで、楽しそうに話している女性の二人連れは、イヤーエンドアフタヌーンティーにもきていた、秀夫の元奥さんと娘さん。先ほど受付をした高橋直治《たかはしなおはる》さんは、確か達也の専門学校時代の恩師。同じテーブルにいるのが、達也のご両親だ。

今朝、茨城《いばらき》から到着したという達也の両親の様子を、涼音はそっと窺《うかが》った。

達也の父はずっと居心地が悪そうにしていたが、直治からにこやかに話しかけられて、ようやく緊張が解けたように破顔した。その傍らで、窓の外をうっとりと眺めている中年女性の眼元は、少し達也に重なる。どうやら達也は、母親似のようだった。

「皆様、お待たせしましたぁ」

瑠璃たちが、紅茶のポットを載せたワゴンを押してくる。途端に、桜に飾られたラウンジに、華やかな紅茶のアロマが漂った。

各テーブルに紅茶のポットが届けられるのを見ながら、涼音はレセプションデスクに戻った。

注文漏《も》れがないかを確認していると、まっすぐな声が飛んだ。

「リャンイン」

「歓迎光臨《ホワンインクゥアンリン》（いらっしゃいませ）」

顔を上げ、涼音も負けじと声を張る。

「私まで招待してもらっちゃって、よかったのかな」

レセプションデスクの前に、黒いパンツスーツに身を包んだ呉彗怜が、少々きまり悪そうな顔をして立っていた。

「当然《ダンラン》、可以《クーイー》（もちろんですとも）」

涼音がテーブルに案内しようとすると、彗怜は入り口に立ったままで、ラウンジ内を見回した。

「なんか、懐かしい」

感慨深い声が零《こぼ》れた。

ずっと、桜山ホテルの社員になりたかった——。

そう打ち明けられたときのことを、涼音は思い返す。

彗怜が桜山ホテルのラウンジを去ってから、半年が過ぎていた。

「今日、香織《シャンチー》は？」

一緒のテーブルにつくはずだった香織の姿が見えないことに気づき、彗怜が首を傾《かし》げた。

「香織さんはこられなくなっちゃったの。春樹君が急に熱を出したんだって」

「あー、それね」

彗怜は何度も頷く。

「それ、これから、勤務中に何回もあるよ。小さい子って、とにかく、しょっちゅう熱出すから。感染症とかにも、びっくりするほど、すぐかかるし。うちの娘も、小学校に上がるまで、本当に大変だった」

やはり、一年間程度の育児休暇では、育児は楽にならないらしい。それもそのはずだろう。春樹君はまだ、たった一歳なのだから。

ひとしきり頷いた後、「で」と、彗怜が少し挑発的に涼音を見る。

「心優しいリャンインは、それでも今後、シャンチーの穴埋めをしながら、仲良くラウンジスタッフをやってくつもり？」

「是的《シーダ》（そうだね）」

淡々と頷けば、彗怜の切れ長の眼に、白けたような色が浮かんだ。

「老好人《ラオハオレン》（おひとよし）……」

「不対《プートゥイ》（違うよ）」

彗怜の言葉を、涼音はすかさず遮る。

意外そうな表情を浮かべる彗怜を、涼音はまっすぐに見返した。

「私がこれからも香織さんと一緒にやっていくのは、私がおひとよしだからでも、心優しいからでも、香織さんのためでもないよ。全部、将来の自分のため」

「将来の自分？」

「そうだよ」

涼音はきゅっと口角を持ち上げる。

「私はおひとよしじゃなくて、欲張りなの。香織さんから、もっといろいろなことを教わりたいし、それに、育児で大変な香織さんを助けるのは、将来の自分の可能性を狭《せば》めたくないからだよ」

〝リャンインは随分頑張ってアフタヌーンティーの開発をしてるけど、来年、シャンチーが戻ってきたら、あっさりその立場を明け渡すつもり？〟

昨年、彗怜からそう問いただされたとき、答えることができなかった。

しかし、今、涼音は自分の気持ちがよく分かる。

達也がローマ字のディスレクシアというハンディキャップを押して、海外修業に挑戦しようとしているように、涼音もまた、憧れだったこのラウンジで、精一杯自分の力を試したいと思っている。

いつの日か、自分が結婚をするのか、子供を産むことになるのか、それはまだ分からない。

でも、もし、三十代を夢中で駆け抜けた自分が、四十代で母親になったとき、帰る場所がなくなるような職場には、このラウンジをしたくない。

「私は欲張りなの」

涼音は繰り返した。

年齢を重ねていくうちに、自《おの》ずと手放していくものはあるのかもしれないけれど、今はまだ、その時期ではない。

最高のアフタヌーンティーも、恋も、結婚も、出産も、全部の可能性を、そう簡単に捨てたくない。

差別はある。椅子《いす》取《と》りゲームはある。正規と非正規の格差は簡単には埋まらない。高齢出産の壁もある。

それでも。

「全部、あきらめたくない」

涼音はきっぱりと言い切った。

彗怜はしばらく黙っていたが、やがて深い溜め息をつく。

「我認輸了《ウォレンシューラ》（負けたわ）」

「え？」

中国語を聞き取れない涼音の前で、彗怜は肩をすくめた。

「ハオレンにはかなわない」

「だから、私はおひとよしじゃない……」

「もう、おひとよしなんて、言ってない」

彗怜が指をさす。

「好人《ハオレン》（いい人）って言ったの」

口ごもる涼音に、彗怜は畳みかけた。

「クリスマスアフタヌーンティーも、結局、リャンインの勝ちだよ。炎《ほのお》を灯《とも》して食べるクリスマスプディング、あれね、綺麗だけど、あんまり美味しくなかったみたい。口コミの評判は散々」

〝あれ、見かけほど、美味《うま》くないから〟

バックヤードでの達也の言葉が甦り、涼音は噴き出しかける。

「笑わないでよね。感じ悪い。リャンインは、いい人でしょ」

言い捨てるなり、彗怜は大股《おおまた》でラウンジに入っていく。

「紅茶は、桜ティーでお願いします。飛鳥井シェフのスイーツ美味しいから、今日は楽しみ」

案内するまでもなく、自分のテーブルをさっさと探し当てる彗怜の後ろ姿を、涼音は笑いを噛《か》み殺しながら見送った。

でもね、彗怜。アフタヌーンティーに、勝ちも負けもないと思うよ……。

無用の勝敗は、物事をつまらなくする。

そんなことを言ったら、聡明な彼女から、またしても強烈な駄目出しを食らってしまいそうだけれど。

それに、私は貪欲《どんよく》なだけで、別に「いい人」なわけでも、「いい人」になりたいわけでもないよ。

だって「いい人」って、実は結構厄介なのだ。

一つ間違えば、「都合のいい人」にも、「どうでもいい人」にもなってしまうから。

私がなりたいのは、もっと……。

涼音は、尾長が飛び去っていった、花の雲の上の淡い水色の空を見上げた。

「スズさん、紅茶、全テーブルにいきわたりましたぁ」

瑠璃に声をかけられ、ハッと現実に引き戻される。

すべてのゲストが到着していることを確認し、涼音も、瑠璃たちと一緒に空《から》のワゴンを押してパントリーへ向かった。

「わあ、美味しそう……！」

先にパントリーに入った瑠璃が、感嘆の声を漏らす。

パントリーでは、スー・シェフの朝子をはじめとする調理班のスタッフたちが、三段のシルバースタンドにプティ・フールのお皿を載せて、最後の仕上げをしていた。

苺《いちご》を飾った桜風味のムース、ピスタチオのクランブルがアクセントのチェリータルト、桜のジュレが香るパンナコッタ。

それから、粉砂糖で化粧した、丸くて愛らしいポルボロン。

フェアウェルアフタヌーンティーの予想を上回る美しい仕上がりに、涼音の胸も高鳴った。

今日はこれから、スタッフもそれぞれの家族のテーブルで、一緒にアフタヌーンティーを食べることになっている。たくさんの三段スタンドを、涼音たちは注意しつつワゴンに積み込んだ。

「遠山さん、瑠璃ちゃん、お疲れ様」

エプロンを外しながら、秀夫が厨房からやってきた。

「須藤《すどう》さん、奥さんたちいらしてますよ」

瑠璃が小首を傾げて、あざといまでの可愛《かわい》らしさをふりまく。

「エックスワイフだけどね」

照れたように、秀夫は頭をかいた。

秀夫が考案した桜エビとホタテのキッシュも、フェアウェルアフタヌーンティーの目玉メニューの一つだ。パン・ド・カンパーニュの上に、コンビーフとクレソンを載せたオープンサンドも食べ応えがあって美味しそうだった。

「飛鳥井シェフは？」

「まだ厨房だよ。今回、スペシャリテのポルボロンは、ほとんど飛鳥井君一人で作ったからな。今は、ちょっと休んでるんじゃないかな？」

「それじゃ、スズさん、呼んできてくださいよぉ」

瑠璃に突然背中を押され、涼音は戸惑った。

「え……」

背後のアフタヌーンティーのスタンドに眼をやると、

「こちらは、私たちでやりますから」

と、朝子からまで促されてしまう。

「主役がこないんじゃ、話になりませんからねぇ。まあ、しばらくは歓談で間をもたせてますから、ゆうっくり、でも確実に連れてきてくださぁい」

瑠璃が思わせぶりに目配せする。

「そうだなぁ。誰かが呼びにいったほうがいいな。飛鳥井君、〝このアフタヌーンティーを食べてもらうのが自分の気持ちだ〟とか、言い出しかねないタイプだからなぁ」

「でっすよね〜」

「だなぁ」

秀夫と瑠璃が示し合わせたように盛り上がった。

「というわけで、スズさん、お願いします！」

どしどしと背中をどやされ、ついにはパントリーから押し出される。

「ごゆっくり〜」

ひらひらと手を振りながら、瑠璃はキッチンとパントリーの間の扉を閉めてしまった。

まったく……。

おかしな具合に、気を遣われてしまったものだ。

一つ息をつき、涼音は人気《ひとけ》のない厨房に足を踏み入れる。

広い厨房は整然としていて、あれだけたくさんのスイーツやセイボリーを作ったのに、汚れた皿一枚残っていない。桜山ホテルの調理班のスタッフの優秀さを、涼音は改めて嚙み締めた。

細長い通路を歩いていくと、オーブンの前で、丸椅子に座っている達也の姿が見えた。

「飛鳥井シェフ」

顔を上げ、涼音の姿を認めた達也は、ハッとしたように軽く眼を見張る。

その姿に、青い空に舞い上がる、尾長の羽ばたきが重なった。

いってしまう――。

涼音の胸に、寂しさが兆《きざ》す。

「しばらくは歓談だそうですけど、追々、挨拶にいらしてください」

「え、挨拶……？」

途端に、達也が嫌そうな顔になった。

「ラウンジには後で顔を出すつもりだけど、そういうのはいいんじゃないの」

「なんでですか。飛鳥井さん、今回のフェアウェルアフタヌーンティーのホストなんですよ」

「いや、だからさ」

涼音が畳みかけると、達也は曖昧に言葉を濁《にご》す。

「このアフタヌーンティーが俺の気持ちだから、別にそれ以上は……」

秀夫が推測した通りのことを達也が口にするので、涼音はこらえきれずに噴き出してしまった。

一度笑い始めると可笑《おか》しくて、なかなかとめることができない。

「なんだよ」

涼音があまりに笑うので、達也はムッとした表情を浮かべる。

「だって、飛鳥井さん。須藤さんや瑠璃ちゃんに、完全に思考パターンを読まれちゃってますよ」

笑いながら告げると、小さな舌打ちが響いた。

子供のように不貞腐《ふてくさ》れてそっぽを向く横顔を、涼音は胸に焼きつける。

本当はもっと見ていたい。色々な顔。本当はもっと聞いていたい。色々な声、色々な言葉。

本当はもっと知りたい。あなたのこと。もっと。

笑いすぎて、眼尻にじわりと涙が滲んだ。

「……連絡する」

達也が唐突にそう告げた。

「え？」

笑うのをやめて、涼音は達也を見返す。ほんの一瞬、互いの視線が熱く絡んだ気がした。

「落ち着いたら、遊びにおいでよ」

真顔で言ってから、「皆で」と、なにかをごまかすように達也が続ける。

「はい」

だから涼音も、軽い調子で頷いた。

約束はしない。させてはいけない。

一度は傷ついた翼《つばさ》を広げて、再び広い世界に飛び立とうとしている鳥。今は高い空だけを目指して、力強く舞い上がれ。

私もここで頑張るから——。

涼音は横を向いて、眼尻に滲んだ涙をそっとぬぐった。

「そうだ」

達也が思いついたようにオーブンをあける。鉄板の上には、焼き立てのポルボロンが行儀よく並んでいた。

手早く皿に盛り、粉砂糖を振りかけると、達也は涼音の前に差し出した。

「これ、余ったから」

「いいんですか」

「特別だ」

触っただけで崩れてしまいそうな繊細なポルボロンを、涼音は指先でそっとつまみ上げる。

「なにをお願いする？」

覗き込むように、達也が涼音を見た。

「秘密です」

きっぱりと告げると、達也は明らかに傷ついたように眉根を寄せる。

こんな顔もするんだ。

涼音の胸に、新たな感慨が湧く。

今はまだ、この思いは伝えない。

互いの夢は、始まったばかりだ。

ひょっとするとこの先、思いもよらない苦労や、大きな悲しみや失敗が、待ち受けているかもしれない。

己《おのれ》の至らなさや不甲斐《ふがい》なさに、傷つくことだってあるだろう。

頑張っても裏切られる可能性のほうが高いと、フランス人形のような後輩は言った。

その気になった瞬間、眼の前でシャッターを下ろされるようなことを一杯経験してきたと、異国からきた友は言った。

一体なんのためにここまで努力をしてきたのだろうと、憧れの先輩も呟いた。

涼音自身も、幾度となく努力や頑張りを嘲笑《あざわら》われてきた。

〝人が生きていくのは苦いもんだ。だからこそ、甘いものが必要なんだ〟

ああ、おじいちゃん、本当にその通りだね。

砂糖がヨーロッパに広がったのは、十一世紀から十三世紀にかけての十字軍の遠征《えんせい》がきっかけだった。それから長い時を経て、甘いものが一般的に人々の口に入るようになったのは、たった二百年ほど前からだ。

その短い期間に、洋の東西を問わず、お菓子はこんなにも多種多様に発展した。

人が生きていく上で、お菓子は決して必要不可欠なものではない。しかし、だからこそ、楽しく美しい。

これからも、香り高いお茶と、宝石のようなお菓子を楽しむアフタヌーンティーの時間は、悩ましい現代を生きる人々の生活に彩《いろど》りを添えていくに違いない。

だけど、見目麗しいガトーや、可愛らしいプティ・フールの甘さを引き立たせるためにまで、一つまみの辛い塩や、少量の苦い酒が必要になるなんて、私たちが生きていく世界は、なんて一《ひと》筋縄《すじなわ》でいかないのだろう。

少し拗《す》ねたような眼差しでこちらを見ている達也を、涼音はじっと見返す。

無愛想で、努力家で、本当は優しくて。

私は、そういうあなたが好きです。

いつかその思いを、きちんと伝えられるように。

あなたがあなたの本当の舞台に上がったとき、その眼差しの先に、ちゃんと立っていられる自分でありますように。

表に出せない願いを胸に秘め、涼音は愛らしいお菓子をそっと口に含む。

窓の外。全ての人の旅立ちを寿《ことほ》ぐように、舞い踊る花吹雪。

ポルボロン、ポルボロン、ポルボロン……。

涼音が三回唱え終えるのと同時に、中世の修道院で生まれた「幸運を呼ぶお菓子」は、ほろりほろりと崩れ落ち。

微かな切なさを残し、甘く、儚《はかな》く溶けていった。

謝辞

本作の準備に当たり、ホテル椿山荘さん、鎌倉のシェフパティシエール辻本静子さんをはじめ、調理関係、製菓関係の方々からたくさんの貴重なお話を伺いました。この場をお借りして、心より御礼を申し上げます。

尚、この物語における事実との相違点は、すべて筆者に責任があります。

主要参考文献

『ホテル椿山荘東京　ル・ジャルダン　アフタヌーンティーレシピ』河出書房新社
『椿山荘選書　歴史』藤田観光株式会社
『英国王室のアフタヌーンティー』マーク・フラナガン、キャサリン・カスバートソン　河出書房新社
『アフタヌーンティーで旅するイギリス』新宅久起　ダイヤモンド・ビッグ社
『ようこそ、アフタヌーンティーへ　英国式5つのティータイムの愉しみ方』藤枝理子　清流出版
『パティシエになるには』辻製菓専門学校　ペリカン社
『ドイツ菓子・ウィーン菓子　基本の技法と伝統のスタイル』（パティシエ選書）長森昭雄、大庭浩男（著）、
　辻製菓専門学校（監修）、学研プラス
『修道院のお菓子　スペイン修道女のレシピ』丸山久美　扶桑社
『英国スタイルで楽しむ紅茶　ティータイムのある暮らし』スチュワード麻子（著）、富岡秀次（写真）、
　河出書房新社
『一流パティシエのケーキと焼き菓子　本物に出合えるお菓子の教科書』河田勝彦、永井紀之、安食雄二、
　和泉光一、アントワーヌ・サントス、川口行彦、奥田勝、山本次夫　世界文化社
『ディスレクシア入門「読み書きのＬＤ」の子どもたちを支援する』加藤醇子　日本評論社
『ディスレクシアでも活躍できる　読み書きが困難な人の働き方ガイド』藤堂栄子、エッジ　ぶどう社
『お菓子放浪記　戦争期を生きたシゲル少年』西村滋　社会評論社

初出
第一話～第四話は、Webサイト「BOC」二〇二〇年四月～二〇二一年四月掲載。
最終話は書き下ろしです。

この作品はフィクションです。実在する人物、団体とは一切関係ありません。

古内一絵

東京都生まれ。映画会社勤務を経て、中国語翻訳者に。第五回ポプラ社小説大賞特別賞を受賞し、二〇一一年にデビュー。二〇一七年『フラダン』で第六回ＪＢＢＹ賞（文学作品部門）を受賞。他の著書に『お誕生会クロニクル』（光文社）、『マカン・マラン　二十三時の夜食カフェ』『女王さまの夜食カフェ　マカン・マラン　ふたたび』『きまぐれな夜食カフェ　マカン・マラン　みたび』『さよならの夜食カフェ　マカン・マラン　おしまい』『銀色のマーメイド』『十六夜荘ノート』（中央公論新社）等がある。

最高《さいこう》のアフタヌーンティーの作《つく》り方《かた》

2021年４月25日　初版発行

著　者　古内《ふるうち》 一絵《かずえ》

発行者　松 田 陽 三

発行所　中央公論新社

〒100-8152　東京都千代田区大手町1-7-1
電話　販売 03-5299-1730　編集 03-5299-1740
URL http://www.chuko.co.jp/

ＤＴＰ　平面惑星
印　刷　大日本印刷
製　本　小泉製本

Printed in Japan　ISBN978-4-12-005426-6 C0093